DREAMBOOKS★

천하제일쟁자수

권인호 신무협 장편소설

ORIENTAL FANTASYSTORY & ADVENTURE

11

dream books
드림북스

천하제일 쟁자수 11

초판 1쇄 인쇄 2016년 11월 24일
초판 1쇄 발행 2016년 12월 5일

지은이 권인호
발행인 오영배
책임편집 편집부

펴낸 곳 (주)삼양출판사 · 드림북스
주소 서울시 강북구 도봉로 173
대표 전화 02-980-2112 팩스 02-983-0660
편집부 전화 02-980-2116 팩스 02-983-8201
출판등록 1999년 3월 11일 제9-00046호

ISBN 979-11-313-0683-3 (04810) / 979-11-313-0246-0 (세트)

+ 이 도서의 국립중앙도서관 출판시도서목록(CIP)은 서지정보유통지원시스템홈페이지(http://seoji.nl.go.kr)와 국가자료공동목록시스템(http://www.nl.go.kr/kolisnet)에서 이용하실 수 있습니다. (CIP제어번호: 2016028214)

천하제일쟁자수

권인호 신무협 장편소설

ORIENTAL FANTASYSTORY & ADVENTURE

11

dream books
드림북스

목차

천하제일 쟁자수

第一章

흥! 이번엔 안 놓쳐!

"근데…… 설마 내 혼례식을 축하해 주러 온 건 아닐 테고, 여긴 무슨 일이지?"

사내를 쏘아보는 루하의 눈빛이 날카롭다.

연무장에서 파운삼십육권을 수련하려던 도중 느낀 낯익은 기운에, 전날 애뇌산에서의 기억을 떠올리고 곧장 이곳으로 달려왔다. 그리고 이렇게 그와 마주했다.

연화의 오라비라고 했다. 그리고 그들 일족의 새로운 수장이라고 했다. 혼천마교에서는 그를 천주라고 부른다는 것도 들어 알고 있다.

당연히 처음은 경계다.

당장 살수가 날아와도 이상할 것이 없는, 루하와는 적대적인 관계에 있는 자였다. 그리고 강했다. 앞서 상대해 보았던 재생 괴물들과는 차원이 다를 정도로.

애뇌산의 그 강렬했던 만남이 늦은 봄, 바람 없는 날의 잔잔한 추억거리처럼 느껴질 만큼 지금 그의 눈앞에 있는 사내는 무섭도록 강해져 있었다.

하지만 그러한 경계가 무색하게도,

"누구지?"

사내가 던진 첫 질문은 '누구지?' 였다.

"응? 나 몰라?"

"내가…… 알아야 하나?"

무심히 툭 내뱉는 반문에는 반가움도 적의도 없다.

정말로 모르는 것이다.

루하가 어깨를 으쓱해 보였다.

"이거 좀 섭섭한데? 그날 이후로 난 한시도 그쪽을 잊어본 적이 없는데 말이야."

"나를 어찌 알지?"

"일전에 아주 거하게 인사를 나눈 적이 있지. 당신이 사람이 아니었을 때."

"그렇군. 이 낯익음의 이유가 그것이었나 보군."

"사람이 아니었을 때의 기억은 아예 없는 건가?"

"아예 없지는 않아. 단지 선명하지 않을 뿐이지."

오가는 대화는 덤덤하다. 하지만 그 속에 면면히 흐르는 긴장감은 수천 수백 개의 칼날이 서로를 겨누고 있는 것처럼 치열하고 싸늘했다.

"잘은 모르겠지만…… 우리가 그다지 좋은 인연이 아니었다는 것은 알겠군."

"그야 당연하지. 당신들은 지금의 질서를 뒤엎고 그 위에 새 질서를 세우길 원하는데, 나는 그냥 지금 이대로가 좋으니까."

"이(利)가 상충되는 사이라는 건가?"

"그렇지. 그래서 지금 이 상황이 이해가 잘 안 된단 말이지. 당신이 여기 왜 있는 건데? 설마 정말로 내 혼례식을 보러 온 건 아닐 테고……."

"혼례식이라……. 그대가 삼절표랑인가 보군. 그대가 삼절표랑이라면 그대의 혼례식을 보러 온 것이 맞다."

루하가 이해가 안 된다는 듯 다시 눈살을 찌푸렸다.

"당신이 왜? 이미 말했다시피 우리는 이런 자리에서 만나야 할 만큼 좋은 인연이 아닌데?"

"나쁜 인연이랄 것도 없지. 나는 지금의 질서를 뒤엎을 생각도, 새 질서를 세울 생각도 없으니까. 그들과 나는 이미 다른 길을 가기로 했으니까. 이 아이가 하고 싶어 하는 것…… 이제 그게 내 질서거든."

그 순간 사내의 눈길이 닿는 곳에는 상아가 있었다. 루하가 앞을 막아선 이후로 줄곧 사내의 뒤에 몸을 숨기고는 겁먹은 눈을 하고 있는 상아였다. 그래서 루하도 그제야 상아를 인식하고는 흠칫 놀랐다.

"이 아이가 그대의 혼례식을 보고 싶다 했거든."

"……."

어울리지 않는 조합. 그러면서도 묘하게 어울리기도 하는 조합.

상아가 사내의 다리 뒤에서 빼끔히 루하를 본다.

겁먹은 눈동자. 그러면서도 호기심으로 반짝인다. 거기에 기대감이 들어차고, 조심스럽게 물어온다.

"저, 정말 아저씨가 삼절표랑이세요?"

"……내가 삼절표랑이긴 한데……."

"정말요? 정말로 아저씨가 세상에서 젤루 멋진 삼절표랑이세요? 우와! 우와!"

상아가 신기한 듯 루하를 보며 연신 감탄사를 터트린다.

이미 이런 감탄과 찬사가 익숙한 루하다. 그런데도 상아의 들뜬 반응에는 새삼 우쭐한 기분이 든다.

"하하. 그렇지. 내가 바로 세상에서 젤루 멋진 삼절표랑이지."

“우와! 우와! 삼절표랑을 이렇게 가까이서 보게 될 줄은 꿈에도 몰랐어요!”

“나란 사람이 원래 얼굴 한 번 보기가 참 어려운 사람이긴 하지. 그래, 꼬마 아가씨. 세상에서 젤루 멋진 삼절표랑을 직접 보신 소감이 어떠신가?”

“좋아요! 근데…… 좋긴 좋은데 소문이랑은 좀 달라요.”

“다르다니? 어떻게?”

“세상에서 젤루 멋지진 않은 것 같아요.”

“뭐?”

“이렇게 봐도 저렇게 봐도, 우리 착한 바보 아저씨가 세상에서 젤루 멋진걸요?”

사내를 요리조리 살피는 상아의 눈이 참 애틋하기도 하다. 더 가관인 것은 그 같은 상아의 말에 입꼬리를 실룩실룩하며 뿌듯함을 숨기지 못하는 사내의 반응이다.

“웃기시는군! 저 얼굴이 대체 어디가 나보다 멋지다는 거야? 키도 내가 더 크고 얼굴도 내가 더 작고, 손대면 베일 것 같은 이 콧날 안 보여? 이 뽀얗고 화사한 피부 결 안 보여? 게다가 나이도 내가 훨씬 젊다고. 저런 늙다리가 대체 어디가 나보다 낫다는 거야?”

루하의 반응이 격했는지 움찔 놀라는 상아다. 하지만 그 눈빛만큼은 흔들림 없이 단호했다.

"그, 그래도 우리 착한 바보 아저씨가 더 잘생겼어요!"

그 단호한 말에 사내의 입꼬리는 이젠 아주 대놓고 귀에 걸렸다.

그것이 더 눈꼴시다.

"그러니까 애초에 저 인간은 착한 바보랑은 거리가 멀다고!"

마음 같아서는 이 사내의 실체에 대해서, 강시였던 시절의 그 추악한 모습을 소상히 다 까발려 버리고 싶었지만 참았다. 스스로가 너무 유치해서 차마 그러진 못하겠다.

"아, 진짜. 요즘 다들 나한테 왜 그러는 거야?"

예천향에 더해서 이 사내까지.

바로 이틀 전까지만 해도 세상 여인들의 사랑과 관심을 한 몸에 받던 그였는데, 한순간에 그 모든 사랑과 관심으로부터 외면당한 것 같은 기분.

왠지 서글프고 서럽다. 그런 한편으로 설란이 보고 싶다.

세상 모든 여인들이 그를 외면해도 그를 지지해 줄 단 한 사람.

'그래. 걔 하나면 충분하지.'

세상에 단 한 사람이건만, 그렇게 소중한 사람이건만 괜한 자존심만 세웠다. 당장이라도 달려가서 그녀의 토라진 마음을 달래 주고 싶다. 그리해 그녀의 부드럽고 따뜻한 품에 안겨 넝마가 된 이 영혼을 위로받고 싶다.

'아! 생각하니까 더 보고 싶네!'

물론 그러자면 지금 이 자리부터 정리를 해야 했다.

"혹시 묵을 곳은 따로 정해 둔 곳이 있어?"

루하의 질문이 의외였는지 다시금 멀뚱히 루하를 보던 사내가 이내 고개를 젓는다.

"아직."

"그럼 나와 같이 가는 건 어때? 어차피 내 혼례식을 구경하러 온 거면 우리 표국에서 지내는 게 나을 것 같은데?"

그건 단지 사내에 대한 존중이나 배려 차원이 아니었다.

불안했다.

아무렇지 않은 듯 무덤덤하게 그를 대하고는 있었지만 실상 루하는 손바닥이 축축하게 젖을 정도로 긴장하고 있었다.

그런 존재였다. 존재감만으로 루하를 긴장케 하는.

아니, 단지 존재감만이 아니다. 웃고 농담하는 중에도 이미 머릿속으로는 수백 초의 합을 겨룬 상태였다. 그런데도 이기지 못했다. 재생 괴물들의 합공을 두 주먹으로 간단히 격파해 버린 그였건만, 이제 파운삼십육권은 그때보다도 훨씬 더 강해지고 정교해졌건만 이 사내에겐 승리를 장담하지 못하고 있었다.

참으로 오랜만에 느껴보는 긴장이고 압박감이었다.

그만큼 강한 상대인 것이다.

비록 사내는 그와 더 싸울 이유가 없다 했지만, 그것이 결코 허언이 아님도 알지만 그럼에도 마음을 놓을 수가 없다. 이 사내가 이곳에 있다는 것만으로도 편히 밤잠 자긴 글렀다. 그럴 바에야 차라리 가까이에 두고 살피는 게 낫다는 판단에서 그렇게 의견을 건넨 것인데, 사내가 뭐라 대답을 하기도 전에 상아가 먼저 반응했다.

"그럼 혼례식 때까지 쟁천표국에 묵는 거예요? 그럼 세상에서 젤루 예쁜 무림일화도 볼 수 있겠네요? 그럼 혼례식도 바로 가까이에서 볼 수 있는 거죠?"

그 얼굴에 들뜬 기대를 고스란히 담는다.

사내는 루하가 의견을 냈을 때는 그다지 마뜩지 않아 하는 표정이었지만, 그 같은 상아의 반응에 언제 그랬냐는 듯 마뜩지 않은 기색을 지우고는 묻는다.

"가고 싶으냐?"

"응! 가요! 아저씨, 우리 쟁천표국에서 묵어요!"

"그래. 그리하자꾸나."

그러고는 루하를 보며 고개를 끄덕인다.

"그럼 잠시 신세를 지지."

역시 적응이 안 된다.

모습은 애뇌산에서 보았을 때와 별반 다르지 않다. 그래서 사내를 보고 있노라면 동족의 심장을 파먹던 그때의 그 미치광이 강시 모습과 고스란히 겹쳐 보여서, 여자아이를 향할 때의 저 온화한 눈과는 괴리감이 너무 컸다.

마치 연기력 떨어지는 배우의 경극을 보고 있는 느낌이랄까? 그런데도 가식적이거나 거짓이라는 느낌은 들지 않아서 또 묘하게 안도감이 들기도 한다.

'어쨌거나 저 꼬맹이만 잡고 있으면 큰 사고는 안 치겠지.'

냉정하게 말하면 일종의 볼모를 확보한 셈이다.

그렇게 생각을 정리한 루하는 그들을 데리고 곧장 쟁천표국으로 돌아왔다.

표국으로 돌아온 그를 가장 먼저 반긴 것은 예천향이었다.

"매형!"

장터 나간 어미 반기듯 달려들며 와락 루하의 품에 안겨든다.

"이렇게 일찍 어딜 다녀오신 거예요? 눈 떠보니 매형이 보이지 않아서 얼마나 당황했는지 알아요?"

루하의 품에다 어린아이처럼 얼굴까지 마구 비벼 대며 칭얼댄다. 하지만 그도 잠시, 자신을 빤히 올려다보는 시선을 느끼고는 흠칫하며 루하의 품에서 얼굴을 떼어 낸다.

올망졸망한 얼굴로 빤히 자신을 보고 있는 작은 여자아이.

"누구……?"

의아해하는 그에게 그 작은 여자아이, 상아가 묻는다.

"혹시 오빠가 삼절표랑 아니세요?"

상아의 물음에 예천향뿐만 아니라 루하와 착한 바보 아저씨마저도 어리둥절한 표정을 한다.

"그게 무슨 뚱딴지같은 소리야? 아까 말했잖아. 내가 삼절표랑이라고."

"그치만…… 이 오빠가 더 삼절표랑 같은걸요?"

"얘가 더 삼절표랑 같다니?"

"그게…… 삼절표랑은 세상에서 젤루 멋지고 잘생겼다고 했는데, 아무리 봐도 제 눈엔 이 오빠가 세상에서 젤루 멋지고 잘생겨 보이는걸요? 그쪽 아저씨보다 훨씬 더요."

"이 꼬맹이가 진짜 보자보자 하니까…… 나라고! 내가 삼절표랑 정루하라고! 내가 세상에서 젤루 멋지고 잘생긴 삼절표랑이란 말이야! 그리고 왜 얘는 오빠고 나는 아저씨야? 몇 살 차이 나지도 않는데? 이래 봬도 엄청 동안 소리 듣는 난데? 모름지기 아저씨라는 건 저기 너네 아저씨 같은 사람한테나 붙이는 호칭이라고. 나는 저런 늙다리와 동급으로 취급될 연배가 아니란 말이야."

루하의 말이 억울했는지 사내가 불쑥 끼어든다.

"나도 그렇게 늙다리 취급을 받을 연배는……."

하지만 사내의 말은 채 끝맺지도 못하고 루하에게 막혔다.

"여기 당신이 끼어들 자리 아니거든? 나이로 따지면 이백 살이 넘으면서 어디서 연배 타령이야? 아, 그래. 그러고 보니 궁금하네. 너 말이야, 왜 한 입으로 두말하는 거야?"

루하의 추궁에 상아가 의아해한다.

"제가 무슨 한 입으로 두말을 해요?"

"아까는 너네 아저씨가 세상에서 젤루 멋지다며? 근데 왜 얘한테도 세상에서 젤루 멋지다는 건데? 제일이라는 건 둘이 될 수가 없는 법인데, 네 눈에 젤루 멋진 사람이 정확히 어느 쪽이야?"

단순히 그냥 문득 생각나서 툭 던져 본 것에 지나지 않지만, 막상 그렇게 던져 놓고 보니 상아가 누구를 택할지 사뭇 궁금해지긴 한다.

누가 봐도 잘생긴 마성의 미남자 예천향과 서로가 서로를 위하는 마음이 애틋하기 그지없는 착한 바보 아저씨. 양심과 의리 사이에서 과연 이 아이는 어떤 선택을 할까?

그러한 호기심은 비단 루하의 것만이 아니었다. 딱히 그런 것에는 관심이 없는 두 사내도 이 순간만큼은 부지불식간에 호기심이 동해서는 상아를 보고 있었다. 그리해 시험에 빠진 상아가 애처로운 눈망울로 예천향과 착한 바보 아저씨를 번갈아 본다.

"착한 어린이는 거짓말하면 못쓴다."

루하가 그렇게 말하며 사악하게 웃자 양심과 의리 사이에서 어찌할 바를 몰라 하던 상아가 결국 고개를 푹 숙이고는 조심스럽게 손을 들어 검지를 편다.

그 손가락이 향하는 곳…….

"이하! 역시 넌 착한 아이로구나. 거짓말을 할 줄 모르잖아!"

상아의 선택은 마성의 미남자 예천향이었다. 의리가 아닌 양심을 택한 것이다. 그 바람에 착한 바보 아저씨의 얼굴이 가관이다. 비록 찰나간이지만 그의 얼굴을 스쳐 간 것은 분명 실망이었다.

"푸하하하!"

웃음이 터졌다.

단순히 사내의 그 어울리지 않는 반응 자체가 재미있기도 했지만 조금 전, '그래도 우리 착한 바보 아저씨가 더 잘생겼어요!' 라는 말에 빈정깨나 상했던 루하였다. 거기에 헤픈 웃음까지 흘리던 사내의 태도가 여간 짜증났던 것이 아니었는데, 비록 예천향으로나마 그때의 기분을 고스란히 돌려주고 있으니 그야말로 유쾌 상쾌 통쾌다.

아무렴 믿었던 도끼에 찍히는 발등이 더 아픈 법이 아니겠는가.

'그나저나…… 이 꼬맹이랑은 무슨 인연인 거지?'

무슨 인연이길래 세상에서 가장 무서운 존재일 수도 있는 자가 저 여자아이의 한마디 말에 저토록 일희일비하며 거침없이 감정을 드러내는 것일까?

마치 진짜 사람처럼.

모르는 사람이 보았다면 친혈육이라 생각했을 것이다.

'친혈육은 따로 있는데 말이지.'

생각이 거기에 미치자 루하의 눈이 연화가 있는 내원으로 향했다.

이상한 일이다.

자신이 느낀 사내의 존재를 연화가 알아채지 못했을 리가 없다. 그런데도 지금껏 얼굴 한 번 비추지 않고 있다.

'할 말이 꽤나 많을 텐데…….'

북해빙궁에서 혼천마교와 천인들을 격퇴한 날, 우쭐해 있는 그에게 그녀는 이렇게 말했다.

'이건 시작일 뿐이야. 다음은 지금처럼 쉽지 않을

거야. 그들이 네 힘을 직접 본 이상 다음에는 분명 그가 올 테니까.'

그가 일족의 수장으로서, 그리고 혼천마교의 천주로서 완전해지는 날 루하는 일찍이 만나 보지 못한 무서운 적을 마주하게 될 것이라고도 했다.

그런데 그런 경고가 무색하게도 사내는 일족의 뜻도 안배도 무시해 버렸다. 그들이 세우고자 하는 새로운 질서도 거부했다. 그러한 사내의 일탈은 연화로서도 전혀 예상치 못한 것이기에 그만큼 궁금한 것이 많을 텐데도 왜 이렇게 잠잠한지 모르겠다.

'너무 오랜만이라 낯가림을 하는 건 아닐 테고?'

생각하니 더 신경이 쓰인다.

그리해 루하는 상아와 상아의 착한 바보 아저씨를 양윤에게 떠넘기고 연화를 찾아갔다.

굳이 연화의 처소까지 갈 필요가 없었다. 그녀는 외원과 내원을 잇는 작은 월동문 옆 담벼락에 몸을 기댄 채 그를 기다리고 있었던 것이다.

"무슨 생각이지?"

루하를 보자마자 툭 던져 오는 질문.

"무슨 생각이냐니?"

"무슨 생각으로 그를 여기로 데려온 거야?"

"그야 뭐, 내 혼례식을 보러 왔다니까…… 어쨌거나 너희 일족과도 길이 틀어진 것 같고, 그러니 이젠 적이랄 수도 없고…… 너하고의 관계를 생각해서라도 그냥 내버려 둘 손님은 아니잖아."

"위험한 자야."

"그러니까 더 가까이에 둬야지. 그래야 대비도 할 수 있는 거고."

"언제까지?"

"언제까지라니?"

"언제까지 곁에 둘 생각이지?"

"그야 혼례식이 끝날 때까지…… 어차피 그때가 되면 어련히 알아서 떠날 테고……."

"네 속마음은 그게 아닌 것 같은데?"

"무슨 말이야?"

"그를 네 사람으로 만들고 싶은 거 아냐?"

연화의 말에 눈살을 찌푸리는 루하다.

"무슨 말도 안 되는 소리를……."

"말이 안 될 거야 없지. 가질 수만 있다면 누구라도 욕심을 낼 만큼 강한 자니까. 오히려 욕심이 나지 않는다면 그게 더 이상한 일이겠지. 너도…… 네 진짜 속마음도 그런 거 아냐?"

그런 생각 전혀 없었다.

하지만 막상 그 말을 듣고 보니 부정은 못 하겠다.

'확실히 욕심이 나긴 하지.'

그저 마주한 것만으로도 지금의 그를 긴장시킬 만큼 강한 자다.

'그런 자를 내 사람으로 만들 수 있다면야…….'

그보다 더 짜릿한 일도 없을 것이다.

생각하고 보니 없는 욕심도 생긴다.

'진짜 이참에 한번 내 걸로 만들어 봐?'

루하의 눈도 탐욕으로 반짝인다.

그러자 연화가 그의 뜨거워지려는 욕망에 찬물을 부었다.

"그만둬. 그는…… 네 곁에 둘 수 있는 자가 아냐."

"어째서? 내가 그를 감당 못 할 거라 생각하는 거야?"

"아니. 그것과는 상관없이 그저…… 그는 부서지는 사람이지 굽혀지는 사람이 아니니까."

"내가 보기엔 너도 뭐 그다지 굽혀지는 사람은 아닌 것 같은데? 그런데도 지금 이렇게 내 옆에 있잖아. 사람 일이란 건 모르는 거지."

"나는 굽힌 게 아냐. 조화지기에 묶인 거지."

순간 흠칫 놀라는 루하다.

"알고…… 있었어?"

그녀가 자신에게 묶여 있는 이유.

말해 준 적 없다. 그에 대한 어찌할 수 없는 끌림이 다른 무엇도 아닌, 단지 조화지기가 만들어 내는 귀소본능 때문이라는 것을 알게 되면 그녀가 어떻게 나올지 짐작이 되지 않았기 때문이다. 그래서 일부러 지금까지 모른 척 시침을 떼고 있었던 것인데, 그 조마조마했던 마음이 무색하게도 이미 모든 것을 알고 있었다는 말투가 아닌가?

"네가 조화지기로 북해빙궁주의 빙기를 치료한 후 너에 대한 북해빙궁주의 달라진 태도를 보고 짐작했어. 그건 너에 대한 내 감정과 아주 흡사한 것이었으니까. 물론 처음에는 긴가민가했지. 좀 과하기는 했지만 북해빙궁주의 성격상 단순히 은인에 대한 호감일 수도 있으니까. 하지만 그 아이…… 의선가의 그 아이를 보고 확신했어. 북해빙궁주도, 그 아이도, 그리고 나도 네 조화지기에 묶여 있다는 것을."

"……."

"내가 다른 자들보다 일찍 이지를 깨울 수 있었던 것도 조화지기 때문이었겠지. 내가 아직 잠들어 있을 때 분명 어떤 이유로 너와 접촉을 했을 테고, 그때 네 조화지기가 내게 들어왔을 거야.”

누구한테 들은 것도 아닐 텐데 저간의 상황을 정확히 파악하고 있다.

듣고만 있던 루하가 물었다.

“그래서? 나에 대한 마음이 아무것도 아닌, 단지 조화지기가 만들어 낸 허상이라는 것을 알고 난 소감이 어떤데?”

연화를 보는 루하의 눈이 조심스럽다.

언제고 이런 날이 올 줄 알았지만, 그래서 어느 정도 마음의 준비도 하고 있었지만 막상 이런 상황에 직면하고 보니 괜히 조마조마하고 불안하다.

그런 루하를 지긋한 눈으로 바라보던 연화가 담담히 말했다.

“가장 먼저 이 생각이 떠올랐어. 너를 죽이면 날 묶고 있는 이 족쇄가 사라질까?”

“…….”

말투는 담담했지만 그 말은 섬뜩하기 그지없다.

루하로서는 그녀가 진실을 알았을 때 가장 하지 않았으면 하는 생각을 가장 먼저 한 것이었다.

“그러나 아무 의미 없다는 걸 금방 깨달았지. 널 죽인다고 이 족쇄가 사라지지 않는다는 걸 알았으니까. 아니, 애당초 난 널 죽이지 못해. 네 얼굴만 보면 그 모든 것들이 한 순간에 무의미해져 버리니까. 지금처럼. 그게 조화지기 때문임을 아는데도."

그거 참 천만다행한 일이 아닐 수 없다.

조금 안도가 되는 한편으로 왠지 모르게 가슴 한구석이 뭉클하다.

"하지만 그는 달라. 조화지기로도 그를 묶을 순 없어. 그는…… '스스로 되살아난 자'니까."

"스스로 되살아난 자?"

"그래. 정화의 과정 없이 그는 스스로 되살아났어."

정화의 과정이라면 일전에 설란에게서 들은 적이 있다.

'피의 정화, 혼백의 정화. 어쨌든 간에 강시는 이미 한 번 죽은 자야. 강시의 내단을 숙성시키는 것으로 육신은 되살릴 수 있을지 모르지만 그것만으로는 죽음으로 얼룩진 사자의 혼백마저 온전하게 되돌릴 수는 없어.'

피를 정화하고 혼백에 묻은 사자의 얼룩을 씻어 내는 과정을 거쳐야 비로소 재생이 완성된다. 그 과정을 거쳐야지만 살육만을 일으키는 추악한 강시에서 비로소 이성과 지혜를 가진 사람이 되는 것이다.

한데, 정화의 과정이 없었다니? 스스로 되살아났다니?

"그럴 수도 있는 거야?"

"그럴 수 있어. 그가 그렇게 했으니까. 스스로 되살아나며 생과 사의 경계마저 허물어 버렸지. 이제 그는 죽은 자도 산 자도 아니야. 그런 그에게 세상의 근원인 조화지기는 아무런 영향을 미치지 못할 거야. 그는 이미 세상 속에 있는 자가 아니니까."

무슨 말인지 선뜻 이해가 되지 않는다.

단지 꽤나 거창하고 뭔가 있어 보인다는 정도. 그녀가 말하는 세상이라는 개념이 파운삼십육권을 통해 그가 느꼈던 세상이라는 개념과 일맥상통하는 것일지도 모른다는 정도. 그리고 어쩌면 생각보다 상대하기가 훨씬 더 까다롭고 어려울지도 모르겠다는 막연한 불안감 정도.

'그냥 보기엔 평범한 딸 바보 정도로밖에는 안 보이던데 말이지.'

물론 진짜 딸은 아니지만. 그다지 평범하지도 않았고.

"뭐, 상관없어. 애초에 조화지기로 곁에 잡아 둘 생각 따윈 추호도 없으니까."

아니, 곁에 둘 생각 자체를 버렸다. 이참에 한번 내 걸로 만들어 볼까 했던 것은 그의 강함이 탐났던 것도 있지만 상아를 통해 보여 주던 그 인간적인 모습에 팽팽하게 당겨졌던 긴장이 저도 모르게 풀어져서였는데, 생과 사의 경계를 허물었다느니 죽은 자도 산 자도 아니라느니 하는 말을 듣고 보니 새삼 애뇌산에서의 기억이 떠올라 가슴이 서늘해 온다.

'하긴, 지금 있는 내 사람 마음 하나 제대로 달래지 못해서 파혼까지 당할 판국인데 또 무슨 내 사람을 만들겠어.'

그래. 있는 사람한테나 잘하자.

"나야 그렇다 치고, 넌 어쩔 거야? 회포까진 아니래도 얼굴은 한번 봐야 하지 않겠어? 온전한 정신인 채로 만나는 건 무려 이백 년 만이잖아?"

"만날 이유도 없고 그럴 필요도 없어. 달리 만나서 할 말도 없고. 죽여야 하는 것이 아니라면."

아무리 돌아서면 남보다 못한 게 피붙이 간이라지만 오누이 간이 참 삭막하기도 하다. 그렇다고 남의 가정사에 감 놔라 배 놔라 하고 싶진 않아서 그걸로 연화와의 대화를 마무리 짓고 설란에게로 가려는데, 오늘 따라 유독 설란을 만나러 가는 길이 멀다.

"국주님!"

양윤이 달려오며 다급히 그를 부른다.

"무슨 일입니까? 그자가 무슨 사고라도 쳤습니까?"

가뜩이나 연화 덕분에 불안함이 한껏 고조된 상황에서

상아 일행을 맡긴 지 일각도 되지 않아 양윤이 저리 급하게 자신을 찾으니 불길한 생각부터 드는 루하다.

다행히 괜한 걱정이었던 듯 양윤이 손사래를 친다.

"그게 아니라 녹림십팔채에서……."

"녹림십팔채요?"

"예. 지금 녹림십팔채 사람들이 문밖에서 국주님을 뵙기를 청하고 있습니다."

그러고 보니 이래저래 정신없는 통에 북해로의 표행길에서 맺었던 녹림십팔채와의 은원을 까마득히 잊고 있었다.

"그래서…… 이제야 죄를 청하러 온 거랍니까? 지금까진 얼굴 한 번 안 비추더니 하필이면 내 혼례식을 앞두고? 하긴, 아무리 나라도 경사스러운 날을 앞두고 피를 보진 않을 테니까."

도둑치고는 나름 제법 머리를 굴렸다. 게다가 사천당문과 제갈세가의 뒤통수 짓에 비하면 이렇게 순순히 죄를 청하러 온 것 자체가 기특하기도 했다. 그래서 기분 좋게, 그리고 경사스러운 날인 만큼 통 크게 그들에게 아량을 베풀어 줄 요량을 하고 녹림십팔채의 도적들을 만났는데, 어쩐 일인지 죄다 낯선 얼굴들뿐이다. 일전에 보았던 녹림십팔채의 우두머리들이 아무도 보이지 않았다. 그야말로 어중이떠중이들만 모여 있다. 심지어 죄를 청하러 온 분위기도 아니었다. 어쩐 일인지 하나같이 관청에 민원을 넣으러 온 민원인들의 얼굴을 하고 있었다.

얼떨떨해하며 물었다.

“두목들은 다 어디 가고 왜 당신들뿐이야? 설마 내 벌이 무서워서 다들 도망이라도 친 거야?”

그런데 이어서 들려온 대답은 전혀 뜻밖의 것이었다.

“도망친 것이 아닙니다! 두령들은…… 실종되셨습니다!”

이건 또 무슨 뚱딴지같은 소린가?

녹림십팔채의 두령들이 사라졌다니?

그들의 설명인즉 이러했다.

쟁천표국의 표행단을 급습했다가 얻은 것 하나 없이 도리어 된통 깨지기만 하고 중원으로 돌아온 그들은 그야말로 매일이 지옥이었다. 삼절표랑이 언제 돌아와서 그들의 목을 칠지 알 수 없는 상황, 불안과 두려움으로 정말이지 사는 게 사는 것 같지 않은 시간들을 보내고 있었다. 그러던 중에 삼절표랑이 죽었다는 소문을 들었다.

당연히 안도했다. 쾌재도 불렀다.

죽다가 살아난 기분. 그들에겐 그보다 더 희소식이 없었다. 하지만 그런 안도도 잠깐이었다. 얼마 지나지 않아 삼절표랑의 생존 소식이 들려왔다. 제갈세가와 사천당문이

거짓 소문을 낸 것이었고, 두 가문은 그 죄까지 더해서 무려 오십 년의 봉문이라는 가혹한 벌을 받았다는 것이었다.

괘씸죄가 더해졌다고는 해도 수백 년간 무림을 영도해 온 명문 무가였다. 그런 두 가문에 그토록 중한 벌을 내릴 정도라면 녹림도인 그들에겐 대체 얼마나 더 가혹한 형벌이 떨어질 것이란 말인가?

안 된다. 이대로 벌이 내려지기만을 기다릴 순 없다. 뭔가 대책을 세워야 했다. 그리해 녹립십팔채의 두령들은 대책을 논의하기 위해 호북의 형문산에 모였다. 그리고…….

"사라졌습니다."

단 한 명도 남김없이.

설명을 듣고 있던 루하가 미간을 찌푸렸다.

"혹시…… 다들 작정하고 어디 멀리 새외로 도망이라도 친 거 아냐?"

"그럴 리 없습니다."

"어떻게 확신해?"

"그럴 생각들을 가지고 있었다면 산채의 재물부터 챙겼을 테니까요. 하지만 형문산에는 다들 빈 몸으로 가셨습니다."

"흠……."

저들의 말대로 빈 몸으로 형문산에 갔다가 실종되었다면

새외로 도망간 건 아니라는 뜻이다. 도적들이 재물을 두고 달아났을 리 만무했다.

'스스로 종적을 감춘 것이 아니라면…….'

납치를 한 것이든 죽여 매장을 한 것이든 누군가의 개입이 있었다는 것인데,

'대체 누가?'

녹림십팔채의 두령이라면 구대문파의 장문들에 버금가는 실력자들이었다. 그런 그들을 한꺼번에 모조리 납치하거나 죽일 수 있는 자들이 존재하기나 할까?

있긴 있다.

루하 자신과 연화, 교극천도 그만한 힘이 있다. 백인각도 작정하고 나서면 못 할 일은 아니다. 거기에 연화의 오라비까지.

'음…… 생각해 보니 꽤 많네.'

하지만 루하도, 연화도, 북해빙궁의 고수들도 그들 두령들의 실종과는 무관하다. 연화의 오라비도 그런 일을 벌였을 것 같진 않다. 그럴 만한 이유가 없다.

'그럼 남은 건 둘뿐인데…….'

아직 남아 있는 강시들과 혼천마교.

형문산에서 재수 없게 강시를 만나 시체조차 남기지 못하고 몰살을 당했을 수도 있다. 하지만 역시 지금 상황에서

가장 유력한 건 혼천마교였다.

정화된 피를 얻고자 이미 무림인들을 납치한 전례가 있지 않은가.

이번에도 그런 것일까?

정화의 피를 얻기 위해 녹림십팔채의 두령을 납치라도 한 것일까?

하지만 굳이 왜?

녹림십팔채의 두령들은 청광편을 먹지 않았다. 그렇다는 것은 일단 납치부터 하고 어떤 방식으로든 추후에 청광편을 먹여 재생의 재료로 쓰겠다는 건데, 그럴 거면 굳이 녹림십팔채의 두령들을 택할 필요가 있었을까? 그 정도 고수들이라면 혼천마교로서도 상당한 부담이었을 테고 괜한 이목만 끌게 될 텐데? 굳이 그들이 아니라도 무림에는 제물로 쓸 인간들이 얼마든지 있는데?

루하가 연화를 보며 물었다.

"혹시 정화의 과정을 거칠 때 그 제물의 실력 정도에 따라서 뭔가 달라지거나 나아지는 게 있어?"

"없어."

연화조차 무슨 상황인지 전혀 모르겠다는 얼굴이다.

그래. 그런 얘기는 애초에 들은 적도 없다.

달라지는 것도 나아지는 것도 없는데 여러 불편을 감수

하면서까지 녹림십팔채의 두령들을 납치했다는 건 아무리 생각해도 사리에 맞지 않다.

'그럼 혼천마교의 짓이 아닌 건가?'

가는 날이 장날이라고 정말로 재수 없게 강시를 만나 모조리 비명횡사라도 한 것일까?

그렇게 혼란스러워하고 있을 때였다.

"대협! 정 대협!"

저 멀리서부터 갑자기 소란스러워진다 싶더니 피투성이가 된 사내 하나가 달려오며 루하를 부른다. 온몸에 피 칠갑을 했지만 그 복색은 분명 점창파의 것이었다. 피투성이가 된 얼굴도 낯이 익다.

'심적산…….'

지금 참담한 몰골로 그를 향해 달려오고 있는 자는 점창파의 장문제자이자 신대정회의 회원이기도 한 심적산이었다.

루하가 의아해 있는 사이 그의 앞에 다다른 심적산이 다급하고 절박한 목소리로 말했다.

"도와주십시오! 저희 사문이…… 사문의 형제들이 악도들로부터 공격을 받고 있습니다!"

"그게 무슨 말입니까? 악도들의 공격을 받고 있다니?"

"대협의 혼례연을 축하하기 위해 축하단을 꾸려 오던 길이었는데…… 석구에서 악도들의 습격이 있었습니다. 서둘러야 합니다! 지체할 시간이 없습니다! 도와주십시오!"

그러고 보니 점창파에서 대대적인 축하단을 꾸려 이곳으로 오고 있다는 소식을 들었다. 그 인원만 해도 육백 명에 이르고 아홉 명의 장로들 중 여섯이 축하단에 포함되어 있다고 했다.

그러니 더 어리둥절하다.

거의 점창의 힘 절반이 축하단에 실렸다고 해도 과언이 아닌데 대체 누가 그들을 노렸단 말인가? 심지어 심적산만이 간신히 몸을 빼서 도움을 청하러 올 정도라면 그 악도들이란 자의 무력이 그들만으로는 도저히 감당이 안 될 정도로 압도적이었다는 뜻이었다.

"대협!"

심적산의 재촉하는 목소리가 더욱 절박해졌다.

그 목소리가 아니라도 급박한 상황이라는 건 충분히 인지했다.

"석구라고 했지?"

"예! 석구의 장치산(長治山)입니다."

석구라면 멀지 않은 곳이다. 작정하고 달리면 일각이면 다다를 수 있는 거리였다.

모든 의문은 직접 보고 판단할 일이다.

루하는 양윤에게 심적산을 맡기고는 그 즉시 신형을 날렸다. 그리고 그 뒤를 연화가 쫓았다.

“이게…….”

루하는 반사적으로 눈살을 찌푸렸다.

일각여를 달려와 장치산에서 목격하게 된 광경은 수백 구의 참혹한 주검들이었다. 물론 그 대부분은 점창파 제자들의 것이었다.

그들이 당도했을 때는 손쓸 새도 없이 상황이 이미 끝나 버린 것이었다.

“대체 누가 이런 짓을 벌인 거야?”

아무리 구대문파의 힘이 예전 같지 않다 해도 그래도 구대문파다. 점창파의 오 할에 가까운 무력을 상대로 이런 일방적인 살육을 벌일 수 있는 자들이 대체 누구란 말인가?

그때, 시체들을 살피던 연화가 루하의 의문에 답했다.

“역시 혼천마교야.”

어느 정도 짐작은 하고 있었다. 그래서 크게 놀라지 않았다. 하지만,

“그보다…….”

이어서 나온 연화의 말에는 루하도 낯빛이 굳을 수밖에 없었다.

"장로들의 것이 보이지 않아."

"뭐?"

"축하단에 장로 여섯도 포함되어 있었다며? 하지만 여기엔 장로의 표식을 한 자가 한 명도 보이지 않아."

"설마…… 그들이 납치해 간 거야? 녹림십팔채의 두령들도 그럼 그놈들이……."

"어쩌면 축하단을 노린 것도 처음부터 목적은 장로들이었을지도 몰라."

"그러니까 그놈들이 지금 무림 최상승의 고수들만 노리고 있다는 말이야?"

"아직 확실하진 않아. 하지만 만일 무슨 이유에서건 그들이 일정 수준 이상의 고수들만 노리고 있는 것이 맞는다면, 이게 끝이 아닐 수도 있어."

"이게 끝이 아닐 수도 있다니?"

"여기엔 혼천마교의 일부만이 왔어. 만일 혼천마교가 여기에 전력을 쏟아부었다면 이들은 저항조차 하지 못했겠지. 그랬다면 자신들의 장문제자를 무사히 빼내지도 못했을 테고. 전력을 분산시켰어. 전력을 분산시켰다는 건 그들이 노리는 것이 점창 하나가 아니라는 뜻이고."

지금쯤이면 이미 다른 자들이 그들의 먹잇감이 되어 있을지도 모른다.

그제야 사태의 심각성을 제대로 인지하는 루하다.

"대체 이것들이 무슨 꿍꿍이로 이런 미친 짓을 저지르는 거야?"

하지만 지금은 그런 것을 따지고 있을 때가 아니었다. 연화의 짐작대로 그들이 노리는 것이 점창 하나가 아니라면, 다른 축하 사절단도 위험했다.

'가만, 지금 축하단으로 오고 있는 게 어디어디였지?'

무당과 형산은 아직 출발했다는 소식을 듣지 못했다. 곤륜과 청성, 아미는 출발을 하긴 했지만 섬서도 넘지 못했으니 거리상으로 너무 멀다.

'그럼 그들이 노릴 만한 건 종남과 화산인데…….'

혼천마교가 고수 수집에 나선 것이 맞는다면 그 첫 번째는 역시 녹림십팔채의 두령들이다. 그렇다면 호북의 형문산에서부터 시작했다는 것이고 그 두 번째가 이곳 산서성의 석구인 것을 감안하면 거리상으로 종남과 화산의 축하단이 그들의 다음 목표일 가능성이 높다.

'문제는 둘 중 어느 쪽이냐 하는 건데…….'

어쩌면 둘 다일 수도 있다. 그렇다고 해도 루하가 택할 수 있는 것은 하나뿐이다. 연화와 따로 움직일 수는 없다. 루하 자신이야 상관없지만 연화는 위험했다. 만일 연화가 가는 곳에 재생 괴물들이 있다면, 북해에서 보았던 흑의장삼과 백의의 사내가 같이 있기라도 하다면 자칫 연화의 목숨이 위험해질 수 있는 것이다. 게다가 그 사이 재생 괴물이 더 늘어났을지도 모르는 일이었다.

고민은 길지 않았다. 길게 고민할 시간이 없었다.

'더 많은 쪽으로 간다!'

축하단에 일정 수준 이상의 고수가 더 많이 포함되어 있는 쪽.

그들이 노리는 것이 일정 수준 이상의 고수들이 맞는다면, 그리고 둘 중 하나를 선택할 수밖에 없는 상황이라면 혼천마교는 가능한 한 포획물이 더 많은 쪽을 택할 테니까.

'그렇다면 화산이다!'

축하단에 장로들과 장로들에 버금가는 실력을 가진 자들이 종남은 여덟, 화산은 열셋이었다.

'어제 듣기로는 하진(河津)을 넘었다고 했는데…….'

그렇다면 아직 그 인근을 크게 벗어나진 않았을 터였다.

촌각을 다투는 일이다. 지체하지 않고 하진으로 방향을 틀었다.

그의 선택은 틀리지 않았다. 하진에 당도하기 전부터 자신의 선택이 틀리지 않았음을 루하는 알았다. 하진에 다다랐을 무렵, 누구의 것인지는 확실치 않지만 재생 괴물의 것

임은 분명한 기운이 느껴진 것이었다.

그 즉시 그 기운을 따라 속도를 높였고 그리해 당도한 곳에서는 아니나 다를까, 화산파의 축하단이 혼천마교도들의 공격을 받고 있었다. 그리고 거기에 이미 두 차례나 만난 적이 있는 재생 괴물, 백의의 사내가 있었다.

다행히 늦지 않았다. 아직 살아들 있다. 이미 만신창이였고 그중 삼 할 가까이는 죽은 듯이 널브러져 있었지만, 재생 괴물까지 가세한 혼천마교를 상대로 저만큼이나 살아있다는 것만으로도 충분히 화산이라는 이름에 부끄럽지 않은 실력들임을 증명한 것이었다.

한눈에 대강의 상황을 파악한 루하가 대갈일성을 터트렸다.

"동작 그만!"

천지가 다 쩌렁쩌렁 울리는 사자후에 시간이 정지하기라도 한 것처럼 화산파도 혼천마교도 움직임을 멈췄다. 그리해 돌려지는 시선들이 루하를 찾고, 화산파는 환호와 안도를, 혼천마교는 지옥 사신을 본 듯 기겁했다.

"퇴, 퇴각!"

이미 북해에서 루하의 강함을 뼛속 깊이 새겨 두었던 때문인지, 아니면 이렇게 루하가 나타날 것을 대비해 두었던 것인지 그 순간 지체 없이 퇴각 명령이 떨어졌다.

그에 맞춰 백의 사내가 힘껏 발을 굴려 루하와의 거리를 벌린다. 동시에 혼천마교도들이 달려들어 루하의 진로를 막는다.

역시나 육탄 방어로 재생 괴물을 지키려는 것이다. 하지만 혼천마교도들의 그 진절머리 나는 짓거리야 북해에서 이미 한 번 경험했던 루하다. 그들이 이렇게 나오리란 것은 충분히 예상하고 있었다. 그리해 육탄 방어진이 채 형태를 갖추기도 전에 먼저 허공으로 뛰어올랐고, 허공중에서 오른쪽 발뒤꿈치로 왼쪽 발등을 찍으며 추진력을 얻었다.

슈아아아앙—

그렇게 바람을 찢어발기며 백의 사내를 쫓는 루하의 입가에는 비릿하면서도 단호한 미소가 걸려 있었다.

"흥! 이번엔 안 놓쳐!"

第二章

젠장! 결혼 한번 하기 더럽게 어렵네!

백의 사내 무연의 판단은 빨랐다. 자신이 적수가 되지 못함을 북해에서 충분히 겪어 보았기에 루하가 나타난 순간, 촌각의 지체도 없이 달아났다. 그는 되지도 않을 일에 오기를 부릴 만큼 무모하지도 않았고, 그들 일족의 염원을 이루기 위해서는 목숨을 함부로 해서는 안 된다는 것도 충분히 숙지하고 있었으니까.

하지만 그렇게 재빠른 판단에도 불구하고,

"흥! 이번엔 안 놓쳐!"

뒤에서 루하의 서늘한 목소리가 들린다 싶은 순간, 이미 이백여 장 가까이 거리를 벌려 놓은 상황인데도 아무런 낌 새도 없이 난데없는 거력이 그의 등을 강타했다.

콰앙!

"크윽!"

무연이 신음을 토하며 뒹굴었다.

그러나 그 난데없는 충격에도 무연은 당황하지 않았다. 삼절표랑의 괴이한 무공은 지금도 악몽을 꿀 만큼 뇌리 깊이 박혀 있었다. 그리해 도저히 피할 수 없는 거리에서 난데없는 거력이 감지되었을 때도 당황하지 않고 강기로 등을 보호했고, 영혼까지 부서지는 충격에도 당황하지 않고 오히려 그 탄력을 이용해서 한층 더 속도를 높였다.

"이번엔 안 놓친다니까!"

다시 루하의 섬뜩한 목소리가 고막을 파고들었다. 동시에 한층 더 강력해진 거력이 등을 강타하려 했다.

피할 수 없다. 벗어날 수도 없다. 혼천마교도들의 저지선도 붕괴되었다. 강기로 몸을 보호하기엔 찰나 간 등 뒤에서 느껴지는 거력이 너무 강했다.

이번에도 무연의 판단은 빨랐다.

몸을 돌려세웠다. 동시에 양손을 교차해 덮쳐드는 강기를 막았다.

쾅!

"크윽!"

늦지 않게 온전히 막았는데도 불구하고 이번에도 크게 신음을 토하며 주르륵 미끄러져 나가는 무연이다.

루하는 조금의 쉴 틈도 주지 않았다. 무연이 제대로 신형을 가눌 새도 없이 파운삼십육권을 날렸다.

"광룡노화!"

그 순간 무연이 할 수 있는 것은 그저 한껏 몸을 웅크린 채 다시 손을 교차해 루하의 주먹을 막는 것뿐이었다.

콰앙!

"큭!"

루하의 주먹은 처음보다 두 번째가, 두 번째보다 세 번째가 더 강했다. 반대로 무연히 펼쳐 놓은 강기의 막은 갈수록 약해져 그가 감당해야 하는 충격 또한 더 커졌다. 더욱 암담한 노릇은 루하의 공격은 이제 겨우 시작이라는 것이다.

"뇌격붕천!"

"개산일단악!"

"개산일로참!"

"개산풍운벽!"

"광뢰연환폭!"

"천개멸화격!"

연이어서 터지는 파운삼십육권에 무참히 난타당하는 무

연이다.

그렇게 폭풍처럼 퍼붓던 루하의 주먹이 멈춘 것은, 그리해 강기는 깨지고 이제는 두 팔조차 들어 올려 막을 수도 없이 너덜너덜해졌을 때였다.

"이제 좀 대화가 되겠네."

애초에 루하의 목적은 그를 죽이는 것이 아니었다. 그저 이렇게 대화를 할 수 있을 만한 평화적인 분위기를 만드는 것이 목적이었다. 물론 무연의 입장에선 그다지 평화적인 분위기라 할 순 없겠지만 말이다.

아무튼 비로소 무연과 아주 가까운 거리에서 마주하게 된 루하가 툭 던지듯 물었다.

"이봐, 당신들. 대체 무슨 꿍꿍이야? 무슨 목적으로 구대문파 고수들을 납치하려 한 거야? 녹림십팔채의 두령들도 당신들 짓이지?"

"……."

무연은 입을 열지 않았다.

의지와는 상관없이 가쁘게 토해 내는 숨소리, 창백한 얼굴, 탁해진 동공에는 한 톨의 전의도 보이지 않는다. 하지만 입을 열 의지도 보이지 않긴 마찬가지다.

애초에 크게 기대도 안 했다. 대답을 듣고자 함이 아니라 녹림십팔채의 두령들도 그들의 소행이 맞는지 단지 떠 보기 위함이었다. 그리고 그 탁한 동공의 미세한 동요만으로도 답은 충분히 얻었다.

'역시 녹림십팔채도 이놈들 짓이었어.'

나머지는 표국으로 데리고 가서 느긋하게 추궁을 해 볼 일이다. 그때 불현듯 떠오르는 생각.

'음…… 이거 생각지 않게 란이 화가 쉽게 풀릴 수도 있겠는데?'

재생 괴물에 대해서 호기심이 많은 설란이다. 그들의 신체는 일반의 강시와 어떻게 다른 건지, 정화의 과정을 거친 내단은 또 어떤 건지 연구하고 싶은 학구열이 올라 있었다. 하지만 지금까지는 그 학구열을 달래 줄 만한 표본이 없었다. 북해에서 루하의 손에 죽은 적포의 재생 괴물은 일반의 강시처럼 소멸하지는 않았지만, 그 심장에서 꺼낸 내단은 거멓게 죽은, 그냥 돌덩이에 불과했다. 그걸 상당히 안타까워했던 설란인 만큼 이 살아 있는 표본을 데려가면 그에게 토라졌던 마음이 단숨에 풀어질지도 몰랐다.

'이런 상황에서 할 생각은 아니지만…….'

점창은 수백 명이 몰살을 당했고 당장 화산파도 희생이 적지 않았다. 그런 상황에서 무림을 영도하는 위치에 있는 그가 이런 사사로운 욕심이나 채울 생각을 하고 있는 건 도리에 맞지 않는다. 그래서 살짝 죄책감이 들기도 했지만,

무시했다.

'뭐, 어디까지나 겸사겸사니까.'

전쟁터에서도 사랑이 꽃피는 것이 인간사인데, 시체 더미 속에서 겸사겸사 사사로운 욕심을 좀 챙겼기로서니 그게 그리 죽을죄는 아니지 않겠는가.

그런데, 루하가 그런 생각을 하며 설란을 떠올리는 그때였다.

혼천마교도들을 모조리 도륙한 연화가 그의 옆으로 다가오는가 싶더니 성큼성큼 걸음을 더 내디뎌 무연을 향한다. 그리고,

푹—

얼음처럼 투명한 손으로 느닷없이 무연의 심장을 뚫어 버린다.

순간 기겁한 루하가 버럭 외쳤다.

"야! 지금 뭐하는 거야!"

루하가 놀라 외쳤지만 그땐 이미 늦은 상황이었다.

쓰윽—

투명한 소수가 이내 무연의 가슴에서 빠져나오고,

"끄으으으……."

길고 긴 마지막 단말마를 흘리며 그가 무너져 내렸다.

그 모습을 보며 루하가 다시 버럭 화를 내려는데 그 전에

연화가 입을 뗐다.

"어차피 이자를 통해서 얻을 수 있는 건 아무것도 없어. 어떤 짓을 해도 이자의 입은 절대로 열리지 않을 테니까. 인질로서의 가치도 없고."

"아무리 그래도 그렇지, 죽일 것까지야 없잖아? 데리고 있다 보면 뭔가 쓸모가 생길지 어떻게 알아?"

"내가 비록 너한테 귀속되었다고는 해도 내 근본이 지워진 건 아냐. 내가 그들과는 다른 길을 택했다고 해도 그들이 내 일족이란 사실까지 바뀌지는 않아. 내 일족이 다른 자들의 손에 능욕을 당하는 것을 내가 지켜만 볼 수 있을 것 같아?"

"……."

더 화를 낼 수도, 따질 수도 없다.

그러고 보면 너무 가까이에 있어 잊고 있었다.

그녀가 그들과 일족이라는 것을. 그녀 역시 한때는 강시였다는 것을. 이백 년이라는 시간이 흘렀지만 그 시간 동안 잠들어 있던 그녀에겐 그들과 일족이었던 기억이 바로 어제 일처럼 생생하다는 것을.

'그렇다곤 해도…….'

미련이 남는다. 다른 걸 다 떠나서 설란의 마음을 풀어줄 좋은 기회를 놓쳤다는 것이 못내 아쉽다. 그런데 그때,

두 눈 가득 아쉬움을 드러내고 있는 루하의 앞으로 연화가 무언가를 내민다.

"……!"

그녀가 내민 것은 방금 전 무연의 심장에서 뽑아낸 내단이었다. 그 내단은 북해에서 죽은 적포 괴물의 내단과는 달랐다. 거멓게 죽지도, 돌처럼 푸석하지도 않았다.

투명했다.

그 앞에 내밀어진 연화의 소수보다도 훨씬 더 투명하고 맑게 빛나고 있었다.

살아 있는 자의 내단이다. 죽기 전에 꺼낸 내단은 저토록 투명하고 맑은 것이었다.

"이거라면 네 여자도 좋아하겠지."

이미 루하의 속마음까지도 꿰뚫고 있었나 보다.

얼떨결에 내단을 건네받은 루하는 다시 한 번 놀랐다.

지금까지 만져 봤던 내단들과는 또 다르다. 단지 형태만 맑고 투명한 것이 아니라 만지는 순간 퍼져 가는 청량함이 마치 영혼까지 깨끗해지는 느낌이었다.

'정화라는 게 이런 느낌인 건가?'

피의 정화, 영혼의 정화.

비록 그 과정이야 잔인하고 추악하지만 그로 인해 만들어지는 결과물은 태초의 빙하인 양 더없이 순수하고 깨끗

하다.

얼마만인지 모르겠다.

내단을 보고 이런 충동을 느껴 보는 것이.

아니, 그 전에 느꼈던 충동과도 또 다르다. 전에 느꼈던 충동은 탐욕이었고 욕심이었다. 하지만 지금 느끼는 이 충동은 철저히 욕망이 배제된 순수한 끌림이었다. 그리고 그 끌림의 근원은 조화지기였다.

조화지기가 반응하고 있었다.

지금까지 본질적으로 내단에 대한 거부 반응을 보이던 조화지기가, 그래서 내단의 기운과 융합되는 과정에 늘 어려움이 있던 조화지기가 어찌 된 일인지 이 투명한 내단에는 강렬한 끌림을 드러내고 있었다.

하지만 루하는 이내 고개를 저었다.

"안 되지, 안 돼. 일단 란이부터 달래는 게 먼저지."

그리해 내단을 품속에 갈무리하는데, 마침 뒤에서 그를 부르는 목소리가 들려왔다.

"대협!"

돌아보니 모용승과 상관란을 비롯한 화산파 제자들이 그에게로 다가오고 있었다.

"대협의 도움에 저희 화산이 큰 화를 면했습니다."

모용승이 먼저 그렇게 감사의 말을 전하고, 그 뒤로 상관란과 장로들이 인사를 건네 왔다.

루하가 낯빛을 무겁게 하며 물었다.

"피해가 얼마나 되지?"

"정확하진 않지만 사상자가 칠십 정도 됩니다."

모용승의 대답에 루하가 미간을 찡그렸다. 화산의 축하단이 이백 명 정도 된다고 했으니 그렇게 서둘렀는데도 삼할이 넘는 사상자가 생긴 것이다.

"내가 좀 더 일찍 왔어야 했는데……."

"아닙니다. 정말이지 대협 덕분에 큰 화를 면했습니다. 대협께서 와 주지 않으셨다면 저희는 필경 전멸을 면치 못했을 것입니다. 한데…… 대체 저자들의 정체가 무엇입니까? 무엇이길래 저희 화산을 상대로 이런 짓을 벌인 것입니까?"

하긴, 아직 그들의 존재에 대해서 세상에 알리지 않은 상태였다. 북해에서 큰 싸움이 벌어지긴 했지만 중원으로 돌아온 이후로는 이렇다 할 사건이 없었던 터라 딱히 그들을 언급할 만한 일이 없었던 것이다.

모용승의 질문에 루하가 고개를 저었다.

"화산만이 아냐."

"예? 화산만이 아니라면……?"

"점창도 당했어. 여기보다 훨씬 더 심각하게. 그들은 거의 전멸을 당하다시피 했으니까. 장로들도 납치당했고."

"어떻게 그런……."

"어쩌면 지금쯤이면 종남도 화를 당했을지 모르지. 녹림 십팔채의 두령들이 실종된 것도 아마 그들과 무관하지 않을 거야."

첩첩이 가중되는 충격에 모용승뿐만 아니라 상관란과 화산파의 장로들도 더러는 놀란 눈을 부릅뜨고 더러는 무거운 침음성을 흘린다. 그러는 중에 모용승이 재차 물었다.

"대체 누굽니까? 무슨 이유로 그 같은 일을 벌인단 말입니까?"

무림에 그 같은 힘을 가진 자들이 존재한다는 것조차 믿기지 않는다. 그러나 직접 보았고 경험했다. 무연의 압도적인 신위에 화산파 고수 이백이 몰살을 당할 뻔하지 않았던가.

하지만 루하의 대답은 그들을 더욱더 혼란스럽게 했다.

"혼천마교!"

순간, 화산파 제자들의 얼굴이 놀람을 넘어 경악으로 물든다. 그러나 그건 그저 맛보기에 불과했다. 이어서 나온 루하의 말은 그들을 그야말로 경악과 충격속으로 몰아넣었다.

"하지만 혼천마교는 그저 꼬리일 뿐이야. 진짜 흉수는

혈교지."

"혀, 혈교라고요?"

"그래. 다른 이름으로는 천외천이라 불리기도 하지."

혼천마교라니?

혼천마교라면 무림사에서 유일무이하게 천하일통에 가장 근접했던 마교의 적통이다. 이미 수백 년 전에 종적을 감춘 혼천마교의 이름이 왜 이 시점에서 나온단 말인가? 대체 왜 혼천마교가 갑자기 나타나서는 자신들을 공격한 것이란 말인가? 그것만으로도 어안이 벙벙할 지경인데 사마의 정점에 있었던 혼천마교가 그저 꼬리일 뿐이라니? 혈교야 그렇다 치더라도 천외천은 또 왜 나온단 말인가?

"대체 무슨 말씀을 하시는 건지 하나도 알아들을 수가 없어요."

상관란이 미간을 찡그리며 답답해한다.

"자세한 이야기는 돌아가서 하기로 하지."

종남파의 축하단도 찾아볼까 했지만 그만뒀다. 혼천마교가 종남파도 노렸다면 지금 찾아가 봤자 모든 상황이 끝났을 것이기 때문이다. 게다가 상황이 이렇게 되고 보니 표국도 걱정이 되었다.

그리해 그들은 서둘러 사상자들을 수습해서 쟁천표국으로 돌아왔다.

이미 소식이 전해진 건지 돌아오는 길 내내 사람들의 분위기가 어수선했다. 그건 표국도 마찬가지여서 장청과 모웅은 물론이고 어지간한 일에는 꿈쩍도 하지 않을 것 같았던 설란마저 문 앞에 마중 나와 있었다. 하지만 반가워할 사이도 없이, 점창의 심적산이 아직 상처의 지혈도 다 되지 않은 몸으로 달려 나와 루하에게 물었다.

"저희 점창은 어찌 되었습니까? 왜…… 아무도 보이지 않는 것입니까?"

심적산의 눈이 루하의 뒤를 향한다. 그러나 없다. 절망적이게도 보이는 건 화산의 제자들뿐, 그토록 애타게 찾고 있는 그의 사문 형제들은 한 명도 보이지 않는다.

"내가 갔을 때는 이미 상황이 끝난 후였다."

"허면…… 모두 죽었단 말입니까?"

"모두는 아냐. 장로들의 시체는 없었으니까. 아마 납치를 당했을 거야. 애초에 그게 목적이기도 했을 테고."

"그게 무슨…… 대체 무슨 이유로 장로들을 납치한단 말입니까?"

"몰라. 그걸 모르니까 답답한 거지."

심적산의 마음이 얼마나 비통할지 모르는 바는 아니지만, 루하도 지금 이 상황이 이해가 안 되는 건 마찬가지였다.

"양 총관님."

루하가 무거운 목소리로 양윤을 불렀다.

"예. 하명하십시오."

"상주로 사람을 보내서 종남파 쪽의 상황을 알아보세요. 종남파뿐만 아니라 청성과 아미 쪽도 알아봐 주시구요."

일단 정확한 사태 파악부터 하는 게 우선이었다. 그러다 보면 좀 더 구체적인 상황도 그려지고 대처 방안도 세워질 것이다.

"그리고……."

루하의 눈길이 슬쩍 심적산에게 닿았다.

"석구로도 사람을 보내서 뒷수습을 해 주세요. 사람이 많이 필요할 겁니다. 거기…… 좀 엉망이거든요."

"혼천마교에서 벌인 짓이야?"

설란이 루하를 따라 내원으로 들어서며 물었다.

딱히 이렇다 할 설명을 해 주지 않았는데도 흉수를 단번에 짚어 낸다.

루하가 고개를 끄덕였다.

"맞아. 혼천마교 짓이야."

"애초에 장로들의 납치가 그 목적이었다는 게 무슨 뜻이야?"

“말 그대로야. 놈들이 처음부터 노린 건 축하단이 아니라 장로들이었어. 아니, 정확히는 장로급의 고수라고 하는 게 맞을라나? 녹림십팔채의 두령들이 실종된 것도 같은 맥락일 테니…….”

“그럼 녹림십팔채 두령들도 혼천마교가 납치했다는 거야? 왜? 그런 고수들을 납치해서 무얼 하려고?”

“몰라. 대체 무슨 짓을 꾸미려는 건지……. 연화 걔도 모르겠다는데 난들 어찌 알겠어? 그보다…… 이거.”

루하가 불쑥 설란에게 내미는 물건.

비단 천에 싸여 있어 그 내용물은 보이지 않는다.

“이게 뭔데?”

“재생 괴물의 내단. 이거 받고 그만 화 풀어.”

얼떨떨해하며 루하가 내미는 것을 받아 들던 설란이 순간 놀란 눈을 휘둥그레 뜬다.

“이게……?”

“화산파를 구하러 가다 만났어. 보면 알겠지만 전에 죽은 놈한테서 꺼낸 거랑은 완전히 달라.”

루하의 말에 비단천을 풀어보던 설란이,

“아!”

저도 모르게 감탄성을 토한다.

비단 천의 꺼풀이 벗겨지고 그 속에서 새초롬히 모습을

드러내는 맑고 투명한 내단은 그저 보는 것만으로도 절로 감탄이 나올 만큼 신비로웠다.

그렇게 연신 감탄성을 토하며 한참 동안이나 눈을 떼지 못하는 설란이다. 그런 설란의 모습을 보니 괜히 뿌듯해져서 생색을 냈다.

"뭔가 좀 대단하지? 뭔지는 모르겠지만 역시 완전하게 완성된 내단이라서 그런지 확실히 뭐가 달라도 달라. 나도 간만에 유혹 꽤나 느꼈다니까. 너 생각 안 했으면 그거 벌써 내 뱃속에 있었을걸? 그러니까…… 이런 내 마음을 생각해서라도 그만 화 풀자, 응? 여기 우리 혼례식 구경하러 온 사람이 십오만 명이 넘었다는데, 아무리 그래도 그 많은 사람들 헛걸음하게 할 수는 없잖아?"

루하의 말에 설란이 어이없어한다.

"이 와중에 무슨 혼례식이니?"

"이 와중이 뭐 어때서?"

"오늘 죽은 사람만 수백 명이야. 어쩌면 그보다 더 늘어날 수도 있고. 게다가 혼천마교가 이렇게 대범한 짓을 벌였다는 건 그 뒤에 그보다 더 무서운 것이 도사리고 있다는 건데……."

"그래서? 혼례식을 취소라도 하자고?"

"내 말은 당장 이 사태부터 해결을 하는 게 순리에 맞는다는 거지."

"아, 됐어. 순리고 자시고 나한텐 혼례식이 먼저야. 혼천마교는 그 다음이고. 내가 왜 그놈들 때문에 내 인륜지대사까지 미뤄야 하는 건데? 됐어, 싫어. 무조건 혼례식이 우선이야!"

하지만 루하의 그 확고한 의지에도 불구하고 상황은 자꾸만 꼬여 가고 있었다.

"종남파도 화를 당했다고요?"

양윤이 가져온 소식에 의하면 우려한 대로 종남파 축하단도 오는 길에 상주에서 화를 당했다는 것이었다. 하지만 상황은 그것보다 더 심각했다.

"종남파만이 아닙니다. 산동의 황보세가와 호남의 제검문도 이곳으로 오는 도중 악도들의 습격에 화를 당했다는 소식입니다."

"혹시 그들 중에도 실종자가 있답니까?"

"예. 황보세가의 가주 황보연과 세 명의 가로, 그리고 제검문의 문주도 시체가 없었다 합니다."

혼천마교가 노린 것은 비단 구대문파만이 아니었던 것이다. 심지어 그 범위도 하루가 다르게 넓어지고 있었다. 급기야 산서성을 벗어나, 축하단을 보내지도 않은 하남의 서

평문(西平門)이 혼천마교의 습격을 받아 하룻밤 사이 멸문지화를 당하는 사건까지 벌어졌다.

정말이지 막무가내였다. 정사의 구분도 없었다. 그냥 닥치는 대로 습격해서 고수들을 납치했다. 그 바람에 무림의 분위기는 그야말로 흉흉하기 그지없었다. 즐거운 마음으로 혼례식 구경을 와 있는 사람들까지 매일같이 들려오는 흉흉한 소식들에 겁에 질려 하나둘 발길을 돌릴 정도였다.

이쯤 되고 보니 루하로서도 더는 고집을 부릴 수가 없었다.

인정해야 했다. 지금은 혼례식이 중요한 게 아니란 것을.

세상 사람들이 외치고 있다.

강시를 때려잡고 폭주강시를 막았던 것처럼 그렇게 다시 삼절표랑이 분연히 일어서 세상을 어지럽히는 악인들을 처단해 주기를.

표국을 한 걸음만 나서도 그런 눈빛들을 마구 던져 오는데 어떻게 한가하게 혼례식 준비나 하고 있겠는가 말이다.

"젠장! 결혼 한번 하기 더럽게 어렵네!"

그래. 설란의 말대로 혼천마교부터 처리하는 게 순리다. 그리고 이왕 하는 거면 후환 안 남게 아예 뿌리째 뽑아 버려야 한다.

하지만 그렇게 독하게 작심을 해 봤자 어디부터 손을 대야 할지 막막한 건 지금도 마찬가지다. 근거지도 모르고 규모도 모른다. 사라진 저저촌의 규모만 보고 그 인원은 얼마 되지 않는다 생각했건만, 지금 대륙 전역에서 벌이는 그들의 행각을 보면 촌부로 모습을 숨긴 채 때를 기다려온 혼천마교도가 저저촌 하나만이 아니었던 것이 분명했다. 어쩌면 과거 무림을 피의 혈풍 속으로 몰아넣었던 그 무지막지했던 힘이 고스란히 다시 부활한 것일 수도 있다.

어디에 있는지도 모르고 얼마나 되는지도 모른다. 그들이 무엇을 하려는 것인지조차 알지 못한다. 그런 터에 어디 가서 그 악도들을 잡아낸단 말인가.

먼저 그들에 대해 최대한 많은 정보를 모으는 것이 급선무다. 그리고 지금 그에게 그들에 대해 가장 많은 정보를 제공해 줄 수 있는 자는 한 명뿐이었다.

"그 자식 어디 있습니까?"

루하의 물음에 양윤이 의아해한다.

"그 자식이라면……?"

"꼬맹이 계집애랑 같이 온 그 자식 말입니다. 그 자식 지금 어디 있습니까?"

*　　*　　*

"당신은 알고 있지?"

보름 동안 빈청에 내팽개쳐 둔 채 얼굴 한 번 비추지 않던 루하다.

방문도 갑작스럽고 질문도 갑작스럽다.

"무슨 말이지?"

"명색이 천주였던 당신이잖아. 그럼 혼천마교에 대해 아는 게 꽤 있을 것 아냐? 아는 대로 다 토해 내 봐."

"내가 왜 그래야 하지?"

"식객이잖아. 내 집에서 그만큼 식객 노릇을 했으면 밥값 정도는 해야 하는 게 당연한 도리 아냐?"

"밥값 한번 비싸군."

"평생 숙식 제공을 약속하지."

"그래도 비싸."

어차피 크게 기대 안 했다.

잠시 고민하던 루하가 무슨 생각이 들었는지 상아를 본다.

"너 뭐 갖고 싶은 거 없어?"

"예?"

"갖고 싶은 게 있으면 다 말해 봐. 뭐든 다 사 줄 테니까."

그의 입을 열게 하기 위해서는 상아를 공략하는 게 빠르다는 것쯤이야 그를 만난 첫날에 이미 다 파악했다.

루하의 그 같은 질문에 머뭇머뭇하며 착한 바보 아저씨를 보는 상아다. 그런데 어쩐 일인지 착한 바보 아저씨에게선 별다른 반응이 없다. 아니, 오히려 옅게나마 호기심을 드러내기까지 한다. 그도 그럴 것이 적지 않은 시간을 상아와 보낸 그지만 정작 상아가 뭘 원하는지, 가지고 싶은 것이 있는지 물은 적은 한 번도 없었다. 물을 생각조차 한 적이 없었다. 그런 차에 루하의 질문을 듣고 보니 그 순간 그 역시도 상아가 무엇을 갖고 싶어 하는지 궁금해진 것이다.

착한 바보 아저씨마저 그렇게 호기심을 보이자 주저하며 두 사내를 번갈아 보던 상아가 이내 용기를 내어 말했다.

"저기…… 쟁천표국의 검이 세상에서 가장 단단하고 날카롭다고 하던데, 정말인가요?"

상아의 질문이 조금 뜻밖이어서 잠깐 움찔하던 루하가 이내 크게 고개를 끄덕였다.

"그렇지. 우리 표국의 검보다 뛰어난 검은 세상에 없지. 왜? 검이 갖고 싶으냐? 무공이라도 배워 보게?"

루하의 물음에 상아가 고개를 잘래잘래 젓는다.

"아뇨. 우리 아저씨 주려구요. 아저씨는 절 지켜 주신댔는데 전 아저씨한테 해 드릴 수 있는 게 아무것도 없어요. 그래서 아저씨한테 어울리는, 세상에서 가장 단단하고 가장 날카롭고 가장 멋진 검을 선물해 주고 싶어요. 만들어 주실 수 있어요?"

그 또한 예기치 못한 말이라 다시 한 번 움찔하는 루하다. 그러다 슬쩍 그녀의 착한 바보 아저씨를 본다.

한데, 저 감격에 찬 표정이라니?

'하! 아주 가관이로구만.'

사실 저 사내에겐 루하가 만들어 주는 검 따위는 하등 필요가 없었다. 그 자체로 검보다도 훨씬 단단하고 날카로우며 강했다. 그런데도 저토록 감격에 겨워하는 것은 그저 상아의 마음이 고마운 것이다.

'아무리 그래도 그렇지, 저건 너무 반푼이 같잖아? 자꾸 적응 안 되게 왜 저래?'

참 꼴불견이 아닐 수 없는데, 그래도 루하에겐 저 적나라한 감격이 다행한 일이긴 했다.

루하는 때를 놓치지 않고 흔쾌히 고개를 끄덕였다.

"좋아! 내 약속하지. 네 아저씨에게 어울리는 멋진 검을 만들어 주마!"

"정말요?"

"그럼! 내가 이래 봬도 세상에서 둘째가라면 서러워하는 최고 최강의 장인이란 말이지. 실망하지 않게 아주 제대로 심혈을 기울여 볼 테니까 안심해."

루하가 그렇게 확언을 주자 함박웃음을 지으며 신나 하는 상아다.

그거면 충분했다. 루하의 시선이 옮겨졌다.

"어때? 이만하면 값은 되지 않았어?"

"그렇군. 부족하지 않아."

"그럼 이젠 내 질문에 대답을 해 주시지?"

그때까지도 상아를 보며 감격에 차 있던 눈이 그제야 루하에게로 돌려지며 언제 그랬냐는 듯 차분히 가라앉는다.

"그들의 근거지가 어디인지, 그 규모가 어느 정도인지는 나도 모른다. 다만 그들이 고수들을 납치해 무엇을 하려는지는 알고 있다."

"뭘 하려는 건데?"

"그들은 새로운 천주를 만들려는 것이다."

"……?"

이건 또 무슨 말일까?

새로운 천주를 만든다니?

"당신이 천주 때려치웠다 했으니 대체자를 세우는 거야 당연한 일이라지만, 굳이 고수들을 납치까지 해야 하는 이유가 뭐지? 천주야 그냥 다른 사람이 맡아 하면 되는 거 아냐?"

"내가 단지 내 재능만으로 지금의 모습일 거라 생각하

나?"

"무슨 말이야, 그게?"

"내가 정화의 과정을 거치지 않고 재생을 완성할 수 있었던 것은 단지 내 재능이 특별해서가 아니다. 난 애초에 선택된 다른 자들과는 그릇 자체가 달랐다. 그래서 더 많은 내단을 취할 수 있었고, 또한 그래서 스스로 되살아날 수 있을 만큼의 힘을 얻었던 거다. 그리고 애초에 내 그릇이 달랐던 이유는…… 난 처음부터 두 개의 내단을 가지고 있었기 때문이다."

"뭐?"

"재생을 완성한 일족은 그 하나하나가 세상을 무너뜨릴 수도 있는 패도의 힘을 가진 자들이다. 그 힘이 조금만 엉뚱한 곳으로 튀어도 감당할 수 없는 대재앙이 되어 버리지. 그런 괴물들을 통솔해야 하는 것이 천주다. 막중한 책무에는 마땅히 그에 합당한 힘이 필요한 법. 그리해 난 환혼혈강시가 되는 과정에서 다른 자들과는 조금 다른 대법을 시행받았다."

"그러니까 그 다른 대법이라는 게 두 개의 내단을 집어넣는 거다?"

"그렇다."

루하가 새삼스러운 눈으로 그를 본다.

정확히는 그의 가슴을 보고 있었다. 그러고 보면 그의 심장에서 느껴지는 내단의 기운은 지금까지 만났던 재생 괴물들과는 확연히 달랐다. 훨씬 더 크고 강렬하다. 단지 먹어 삼킨 내단의 수가 많아서 그런 거겠거니 대수롭지 않게 생각했는데 사실은 그게 아니었던 모양이다.

'저 안에 있는 내단이 하나가 아니라 두 개였단 말이지?'

두 개의 내단을 가진 자. 그리고 스스로 되살아난 자.

과연 얼마나 강할까?

불끈 치솟는 것이 호기심인 것도 같고 승부욕인 것도 같다. 하지만 그런 거나 생각하고 있을 때가 아니었다.

"그러니까 말인즉슨, 저들이 새로 천주를 만들고자 하는데 그러자면 두 개의 내단을 집어넣는 대법을 시행해야 하고, 그 제물로 고수들이 필요하다는 아냐? 그래서 지금 이렇게 피바람을 일으키면서 고수들을 납치하고 있는 거고? 근데…… 그게 가능한 거야? 대법이란 게 강시가 되기 전에 시행해야 하는 거 아냐?"

"나도 모른다. 다만…… 우리는 그저 혼천마교의 것을 빌려온 것일 뿐, 환혼혈강시는 원래부터 혼천마교의 것이었다. 이미 강시가 된 자들에게, 혹은 재생을 완성한 자들에게 새로 내단을 추가하는 것이 가능한지 어떤지는 알지 못하지만 고수들을 납치하고 있는 것이 내 짐작대로 새로운 천주를 만들기 위한 것이 틀림없다면…… 어떤 방법이 되었든 새로운 천주에게 마땅히 가져야 할 힘을 부여할 수 있는 방법이 그들에게 있는 것만은 분명하다. 그리고 그 마땅히 가져야 할 힘은 이제 단지 일족을 통솔하기 위한 힘이 아닐 것이다."

"그건 또 무슨 말이야? 일족을 통솔하기 위한 힘이 아닐 거라니?"

"일족의 안배를 거부한 순간부터 난 그들에게 있어 공존할 수 없는 적이다. 그건 너 또한 마찬가지. 그들이 바라는 것은 완전한 지배니까. 일족의 혹독한 희생 위에 얻은 생명이자 기회인 만큼 그들은 그 어떤 걸림돌도 용납지 않을 테니까. 그러니 새로운 천주에게 부여할 힘은 너와 나를 능가하는 힘이 될 것이다."

납득 못 하겠다.

"그런 게 뭐 그렇게 뚝딱 만들어진다는 게 말이 돼?"

"물론 간단치는 않겠지. 그 큰 힘을 담을 그릇을 구하는 것 자체가 쉬운 일이 아니니까. 일족들 중에서 추리고 추려서 선택된 나조차 과연 성공할 수 있을지 확신하지 못했으니까. 하물며 숙성의 과정도 거치지 않고 속성으로 천주를 만들어 내려는 것이니……."

"천주가 될 만한 그릇조차 못 구할 수도 있다는 거네?"

"이렇게 무리하면서까지 고수들을 납치한 것을 보면 그릇은 이미 준비가 되었다 봐야겠지. 단지 그것이 천주로서 정말로 적합한 그릇일지, 그리해 새로운 천주로서 완성될 수 있을지, 완성이 된다고 해도 과연 그들이 원하는 모습일지는 장담할 수 없는 일이지."

"그래서 우형(愚兄)의 생각은 어떤데?"

"우형?"

갑작스럽게 바뀐 호칭이 낯설었나 보다.

루하가 히죽 입꼬리를 말며 말했다.

"적의 적은 아군이라잖아. 아군이고 나이도 연장자고, 거기다 내 집에 온 손님이기도 하고…… 당신, 당신 하려니까 내가 너무 막돼먹은 것 같아서 말이지."

좀 더 솔직히 말하자면 조금 꿀리는 것도 있다.

왠지 막 대하려니 그러면 안 될 것도 같고 괜히 더 긴장도 하게 되고, 하지만 존대를 하자니 또 너무 굽히는 것 같고…… 그래서 호칭이라도 바꿔 보려는 것이었다.

'뭐랄까…… 최소한의 예의 정도는 차려 줘야 할 것 같은 존재감을 마구 풍긴다고나 할까?'

그때 불쑥 상아가 끼어들어 물었다.

"근데 왜 우형이에요?"

“착한 바보 아저씨라며? 내가 보기엔 ‘착한’ 하고는 거리가 먼 것 같으니 빼고, 그렇다고 말 그대로 우숙(愚叔)이라고 하기에는 내가 너무 손아랫사람이 되는 것 같아서 싫고, 그래서 그냥 우형이다. 바보 형, 좋잖아? 왠지 친근하고. 동네 형 같고.”

하지만 사내는 그 호칭이 어지간히도 마음에 안 드나 보다.

“내 이름은 자성(紫星)이다.”

잊었다던 이름까지 꺼낸다. 그러나 그의 호칭을 이미 우형으로 정해 버린 루하에겐 그의 이름 같은 건 귀에 들어오지도 않았다.

“그래서 우형의 생각은 어떠냐니까? 그 새로운 천주라는 게 완성되면 정말로 우리보다 강할 것 같아?”

“…….”

잠시간 불쾌한 듯 루하를 노려보는 자성이지만, 고작 호칭 같은 걸로 왈가왈부하기에는 스스로가 너무 구차해지는 것 같아서 이내 불쾌함을 지우고는 대답했다.

“나로서도 알 수 없는 일이다. 허나, 말했다시피 그들이 새로운 천주에게 부여할 힘은 그 목적부터가 너와 나를 상대하기 위함이다. 그러니 할 수만 있다면 우리보다 강하게 만들고자 하겠지. 물론 그러자면 적합한 그릇과 더불어, 모르긴 몰라도 지금까지보다도 훨씬 더 많은 제물이 필요할 테고."

"훨씬 더 많은 제물이라고? 이봐, 우형. 훨씬 더 많은 제물이나 마나, 지금 무림에 그 정도 급이 되는 고수는 그렇게 많지가 않다고. 물량 자체가 딸리는데 그놈들이 어디 가서 그런 고수들을 구해? 아예 구대문파를 깡그리 다 털지 않고서야……."

루하가 말을 하다 말고 흠칫했다.

스스로의 말에 저도 모르게 놀란 때문이다.

"이거 진짜 구대문파에 피바람이라도 부는 거 아냐?"

*　　*　　*

천 년 고찰 소림사가 봉문을 선언한 이후로 숭산 소실봉의 밤은 조용했다. 산문 밖으로는 경계를 서는 사미승 하나 둘 수 없고, 불빛이 담을 넘는 것조차 경계해야 하며, 경전을 외는 염불 소리마저 밖으로 새어 나가지 않게 하는 것. 소림의 봉문은 그러했다.

그런데 그 밤, 그 깊고 조용한 천 년 고찰의 산문 앞에 일단의 무리가 나타났다. 어둠 속의 그림자처럼 은밀하게.

그리고,

콰앙!

커다란 폭발음이 산야의 적막을 깨트렸다. 산문이 부서지고 담이 무너졌다. 분노 서린 함성은 산을 울리고 고통에 찬 비명은 야공을 찢는다.

그리해 그 밤이 지나고, 숭산으로부터 소식 하나가 전해졌다.

소림혈겁(少林血劫)!

소림이 멸문지화에 이르는 화를 당했다는 것이었다.

"삼천 명의 제자들 중 살아남은 자는 고작 삼백여 명밖에 되지 않는다 합니다. 그리고 실종자는 현재 확인된 것은 장로들을 비롯해서 소림을 대표한다는 일대제자들 서른세 명입니다."

양윤으로부터 소식을 전해 듣는 루하는 그저 어이없을 뿐이었다.

혼천마교가 새로운 천주를 만들기 위해 많은 제물을 필요로 하고 있다는 것도 알고 있었고, 그래서 구대문파가 위험할 수도 있다 예측도 했지만 이렇게까지 전격적으로 소림을 칠 줄은 상상도 못 했다.

하지만 돌이켜 생각해 보면 혼천마교 입장에선 그만한 먹잇감이 없다. 봉문을 했다고는 하지만 지금 무림에서 그들이 원하는 수준의 고수를 가장 많이 보유하고 있는 곳 아닌가.

"확인된 게 서른세 명이면…… 그것만으로도 납치된 고수가 이미 백 명은 넘었겠는데요?"

"예. 모두 일백하고 여섯 명입니다."

"……."

새로운 천주를 만드는 데 대체 제물이 얼마나 필요한 것일까?

백 명으로도 부족한 것일까? 아니면 소림을 마지막으로 필요한 제물은 다 마련이 된 것일까?

어느 쪽이든 그다지 바람직한 상황은 아니다.

백 명으로도 부족하다면 그들의 고수 사냥이 앞으로도 계속될 거라는 뜻이고, 소림을 마지막으로 필요한 제물이 다 마련된 것이라면 곧 무시무시한 괴물이 그들 앞에 나타날 것이라는 뜻이다.

"그렇다고는 해도…… 새로운 천주인지 뭔지를 미리 걱정할 필요는 없지."

새로운 천주에 대해서는 명확한 게 하나도 없다.

자성의 말로는 혼천마교가 새로운 천주에게 그들을 능가하는 힘을 부여하고자 할 것이라고 했지만, 어디까지나 '가능하다면' 이라는 전제가 붙은 데다가 그다지 공감이 안 된다.

지금 자신이 가진 힘.

스스로도 측량할 수 없는 그 엄청난 기운과 파운삼십육권이 만들어 내는 그 압도적인 무력을 능가하는 힘이라는 게 과연 존재할 수나 있을까?

'지금의 나라면…….'

누구에게도 질 것 같지 않다. 그것이 설령 신이라 해도 이길 수 있을 것 같다.

그건 자성에게도 마찬가지다.

마주하고 있자면 부담스럽고 꺼려지는 상대임에는 분명했지만 그럼에도 꺾을 자신 만큼은 충분했다.

그렇게 한껏 스스로의 힘에 고취되어 있는 루하였다. 드러내 놓고 내색은 안 했지만 북해에서 재생 괴물들과 싸운 이후로 그야말로 기고만장해 있다고 해도 과언이 아니었다. 그런 루하에게 자신보다 강한 존재라는 것은 도무지 현실감이 없는 것이다

그러니 새로운 천주고 뭐고 사실 별로 신경 안 쓰인다. 오히려 지금 그를 조급하고 불안하게 하는 것은 새로운 천주를 만들기 위해 필요한 제물이 백 명의 고수로도 턱없이 부족할 경우였다.

자성이 말했던 것처럼 그보다 훨씬 더 많은 제물이 필요

하다면? 그리해 소림이 끝이 아니라 시작이라면? 생각만 해도 끔찍한 일이지만 최악의 경우 전 무림이 피의 제물이 될 수도 있는 것이다.

루하가 양윤에게 물었다.

"혼천마교의 피해는 어느 정도라 했죠?"

"일단 소림을 공격한 것이 육천, 그중 죽은 자가 이천삼백 정도 된다 합니다. 그들의 전체적인 규모를 정확히 알 수는 없지만, 지금까지 보인 여러 행각을 미루어 짐작해 보자면 그들에게도 소림에서 입은 피해는 상당한 것이 틀림없습니다."

썩어도 준치라고, 그만큼 소림의 저항이 거셌다는 뜻이기도 했지만 소림을 쳤던 혼천마교들 속에 중요한 한 명이 빠져 있은 덕분이기도 했다.

북해에서 싸운 적이 있는 흑의장삼.

루하가 상대했던 세 명의 재생 괴물들 중 이제 유일하게 남은 하나.

만일 그가 거기에 끼어 있었다면 단언컨대 혼천마교는 단 한 명의 희생자도 없이 일을 마무리할 수 있었을 것이다.

혼천마교가 일으키고 있는 그 숱한 사건들 속에 가장 선봉에 있어야 할 흑의장삼이 이상하게도 보이지 않았다.

'혹시 그놈이 그릇으로 선택된 건가?'

그래서 모습을 드러내지 못하고 있는 것일까?

새로운 천주가 되기 위한 과정 중에 있느라?

"뭐, 어쨌든 혼천마교도 그만한 피해를 입었다면 당분간은 쉽게 움직이지 못하겠죠?"

"재생 괴물이 하나 더 있다면 모를까, 그간의 전력 피해가 결코 적지 않으니 아마 그들에게도 숨 고르기는 필요할 겁니다."

양윤의 말에 루하가 크게 고개를 끄덕이고는 무거운 목소리로 지시를 내렸다.

"그럼 지금 당장 공문을 돌리세요."

"공문이라면?"

"무림 회의를 열겠습니다. 구대문파와 남은 삼대가문, 그리고 각 지역의 패주들까지, 다 모이라 하세요!"

第三章

미끼

그렇잖아도 세상의 모든 이목은 루하에게 집중되어 있었다.

보름도 채 되지 않는 기간 동안 정신없이 이어진 참담한 비보들에 모두가 도무지 영문을 몰라 하는 중에 화산파로부터 흘러나온 정보 하나가 있었기 때문이다.

혈교와 혼천마교, 그리고 천외천. 하나로 묶을 수 없는 그 이름들이 왜 나온 것인지, 지금 일어나는 일들과 무슨 관련이 있는지는 화산조차 모르는 듯했다. 다만 확인되지 않은 소문이지만, 떠올리는 것만으로도 천하를 술렁이게 하는 그 이름들이 삼절표랑의 입에서 나왔다는 것이었다.

삼절표랑은 뭔가를 알고 있는 것이 틀림없었다.

그 모든 의문들에 답을 내어 줄 사람은 삼절표랑뿐이다.

그렇게 모든 이목이 쟁천표국에 집중되어 있을 때, 삼절표랑의 이름으로 무림 회의가 소집되었다.

다들 기다리고 있던 부름이었다.

거듭된 흉흉한 소식들에 이어 소림마저 화를 당하자 그야말로 의문과 공포로 혼란에 휩싸여 있던 무림인들에겐 지독한 가뭄 중의 단비와도 같은 반가운 소식이었다.

그리해 루하의 부름을 받은 각 대문파의 수장들은 그 길로 지체 없이 쟁천표국으로 모였다. 거기에는 무림 회의에 초대받지 않은 자들도 끼어 있었다.

"제갈세가와 사천당문에서도 왔다고요?"

루하가 눈살을 찌푸리며 양윤을 본다.

"이미 봉문을 선언한 자들이 여길 왜 와요? 부르지도 않았는데?"

"봉문 중이던 소림이 그런 참화를 당했으니 가만히 앉아만 있을 수가 없었던 것 같습니다."

하긴, 이해 못 할 일은 아니다.

오죽 불안하고 무서웠으면 루하의 명까지 어기고 여기로 달려왔을까.

"아무튼 다들 모였다고요?"

"예. 공문을 보낸 곳은 한 문파도 빠짐없이 다 도착했습니다."

양윤의 대답에 고개를 끄덕인 루하가 몸을 일으켰다. 그러다 무슨 생각이 들었는지 미간을 찡그리며 묻는다.

"그러고 보니 오늘이었죠?"

"예?"

"원래 예정대로라면 오늘이었잖아요. 혼례식."

"아…… 그렇습니다. 오늘이 혼례식으로 예정된 날이었습니다."

돌이켜 보면 실로 어이없는 일이다.

만인의 축복 속에서 혼례를 치러야 할 이 좋은 날에, 무겁디무거운 분위기 속에서 칙칙한 무림인들의 면상을 대해야 하는 팔자라니?

"진짜 운도 지지리도 없지. 왜 하필 내 인륜지대사를 앞두고 그런 짓들을 벌이냔 말이야. 고작 한 달이잖아요, 한 달! 아무리 상종 못 할 적이라지만 한 달도 못 참아 주냔 말입니다. 남의 경사스러운 혼례식에 피나 뿌려 대고 말이지, 도무지 경우가 없는 작자들이란 말이죠!"

"한 번에 많은 고수를 납치하자면 이때만큼 좋은 기회도 없으니까요. 애초에 경우를 따질 수 있는 자들도 아니고."

혈교니 혼천마교니 그런 것을 떠나서, 그리고 강시니 재생 괴물이니 하는 것도 떠나서, 사람을 납치해서 제물로 쓴다는 것 자체가 양윤이 보기에는 지극히 사이한 것이었다. 그의 눈에 그들은 이미 사람이라 할 수 없는 자들이었다.

"하긴, 그놈들한테 경우를 따진다는 것 자체가 바보짓이지."

루하가 이내 수긍하고는 자신의 집무실을 나섰다.

"그나저나 날씨는 또 왜 이렇게 좋은 거야?"

하늘은 높고 거기에는 구름 한 점 없다. 바람도 선선하고 공기는 청량하다.

"거 결혼하기 딱 좋은 날씨네. 젠장!"

만인의 축복을 받으며 혼례를 올리면 부부간 금슬도 평생토록 좋을 것만 같은 날씨다. 그러니 괜히 심사가 더 비틀리고 내딛는 걸음에도 짜증이 묻어난다.

그렇게 도착한 회의청은 굳게 문이 닫혀 있었다.

문은 닫혀 있었지만 그 앞에서 뿜어져 나오는 기운은 실로 치열하면서도 묵직했다.

당연한 일이다.

바로 이 문 너머에는 무림을 대표하는, 루하로 인해 그 빛이 많이 퇴색되긴 했지만 무림 그 자체라 해도 결코 과언이 아닌 자들이 모여 있는 것이다.

루하가 나타나자 그 앞을 지키고 있던 장청이 문을 열었다.

그 직전까지만 해도 적잖은 소란이 느껴지던 회의청 안이 삽시간에 정적에 휩싸이고, 폭발할 듯한 기운을 뿜어내는 뜨거운 시선들이 일제히 루하를 향한다. 그러한 시선들을 맞으며 루하가 회의청 안으로 들어섰다. 그리고 거침없이 그들을 가로질러 회의청 상석에 놓인 단 하나의 의자에 엉덩이를 깔았다.

정적으로 물든 회의청 안에는 숨소리조차 들리지 않는 가운데 루하가 좌중을 쓰윽 훑었다.

무림의 거인들…… 낯익은 얼굴들이 대부분이다. 개중에는 반가움을 드러내는 자들도 있고 두려움을 드러내는 자들도 있다.

그때, 좌중을 훑어가던 루하의 눈이 잠시 멈췄다.

그의 눈이 향하는 곳은 두려움을 드러내는 자들이다.

사천당문주 당학경과 제갈세가주 제갈문.

그들을 향하는 루하의 눈에 일순간 불쾌함이 서린다. 그러자 차마 그 눈을 마주하지 못하겠는지 슬며시 고개를 떨어뜨리며 시선을 피한다.

다행히 루하에게선 더 이상의 추궁은 없었다. 양윤의 말대로 소림이 멸문의 화를 당한 마당에 봉문이나 하고 있을 처지들이 아님을 충분히 이해했다.

잠시 멈췄던 루하의 눈이 이내 다른 곳으로 옮겨지고 자라목이 되었던 그들은 마치 죽다 살아난 것처럼 저도 모르게 깊은 안도의 한숨을 토한다. 루하가 입을 연 것은 그때였다.

"제가 여러분을 모신 까닭은 굳이 말씀을 드리지 않아도 다들 잘 아시리라 생각합니다. 그리고 궁금한 것이 참 많을 거라는 것도 알고 있습니다. 제게 묻고 싶은 것도 많고 듣고 싶은 것들도 많으시겠죠. 그러니 긴 말은 생략하도록 하고, 질문부터 받겠습니다."

루하의 말에 무겁게 가라앉았던 정적이 깨어지고 약간의 소요가 일었다. 누구 하나 쉽게 나서지 못 하고 있는 그때, 가장 먼저 운을 뗀 것은 백염에 백미를 멋스럽게 늘어뜨리고 가득한 주름에서마저 기품이 느껴지는 신선도골풍의 노도사였다.

"빈도는 무당의 무오(武悟)라 하외다."

순간 좌중의 소요가 조금 더 커졌다.

그도 그럴 것이 무오는 무당파의 대장로이자 정도십이천의 일인이었다. 또한 정도십이천 중에서도 그 지위가 이번에 화를 당한 불성 광혜의 다음 자리를 차지하고 있었다. 즉, 지금 이 자리에 모인 무림의 거두들 중 명성과 실력 면에서 가장 높은 무림 명숙인 것이다.

뿜어내는 기운과 기품이 루하마저 자세를 바로잡게 한다.

"말씀하세요."

"듣기로 지금 천인공노할 짓을 벌이고 있는 악도들이 혼천마교의 잔당들이라 하던데 사실이오?"

무오의 질문에 회의청 안에 있던 모두가 귀를 세운다.

무오가 던진 질문은 그들이 가장 궁금해하는 것이고 또한 이곳에 모인 가장 근본적인 이유다.

루하가 고개를 끄덕였다.

"그렇습니다. 모든 건 혼천마교의 소행이 맞습니다."

"진정 소림도 그들에게 참변을 당한 것이오?"

"틀림이 없을 겁니다."

설마 했던 것이 사실로 드러나자 순간 회의청 안의 술렁임이 커졌다. 그 속에서 무오가 다시 물었다.

"허면…… 혼천마교는 그저 꼬리일 뿐이고 진짜 흉수는 혈교라는 말도 사실이오?"

"사실입니다."

루하의 대답에 무오의 굵고 곧은 하얀 눈썹이 파르르 떨렸다.

무오만이 아니라 이 자리에 있는 모두가 격한 동요를 보이고 있었다. 하지만 이어진 루하의 대답은 그들을 그보다 더한 충격으로 몰아넣었다.

"그리고 아실는지 모르겠지만 혈교는…… 천외천의 다른 이름이기도 하죠."

순간, 누군가 반박하듯 소리쳤다.

"그, 그럴 리 없습니다! 있을 수 없는 일입니다! 혈교가 천외천이라니? 터무니없는 억측입니다!"

"그렇습니다. 이건 대협께서 뭔가 잘못 알고 계신 것이 틀림없습니다. 방금 전 대협께서 말씀하시지 않았습니까? 혼천마교는 그저 혈교의 꼬리라고. 한데 어찌 천외천이 혈교일 수가 있겠습니까? 그 옛날 혼천마교의 발호를 막은 것이 천외천인데!"

그랬다.

오래전 피의 혈겁을 일으키며 무림을 휩쓸었던 혼천마교를 막고, 그 패도적인 무력 앞에 속수무책으로 쓸려 나갔던 무림을 구한 것은 다름 아닌 천외천이었다.

천외천의 고수 하나가 그 전쟁 중에 끼어들어 단신으로 혼천마교의 십이천마(十二天魔)를 모조리 도륙해 버리지 않았더라면 지금의 구대문파도, 육대가문도 존재하지 않았을 것이다. 혼천마교가 휘두르는 창칼에 중원 무림은 이미 갈기갈기 찢겨 형체도 남아 있지 않을 것이었다.

중원 무림인들에게 있어 천외천은 영웅이자 은인이었다. 경외이자 흠모이며 또한 두려움이었다. 그래서 믿지 않았다. 혈교가 천외천의 다른 이름이라는 것도, 지금 일어나는 참화의 뒤에 천외천이 있다는 소문도.

혼천마교로부터 무림을 구한 천외천이 혼천마교와 한통속이라는 것을 어찌 믿을 수가 있겠는가 말이다.

그냥 헛소문으로 치부했다.

하등 쓸모없는 헛소문.

말하기 좋아하는 호사가들이 아무렇게나 떠들어 대는 헛소문.

그런데 지금 그 말을 내뱉은 것은 말하기 좋아하는 호사가가 아니었다. 말 한 마디의 무게가 천만금보다도 무거운 삼절표랑의 입에서 나온 말이었다.

그러한 까닭에 그럴 리 없다, 잘못 알고 있는 것이다, 저마다 부정하면서도 일말의 의심을 품고 루하에게 해명을 구한다.

확고한 증좌이든 가벼운 언행에 대한 변명이든.

물론 루하가 택한 것은 확고한 증좌다.

"어디부터 말씀을 드려야 할지 모르겠군요. 음…… 일단 강시에 대한 것부터 말씀드리는 게 이해하기가 편하시려나?"

물론 그러자면 가혹한 천형을 짊어지고 살아야 했던 어느 일족에 대한 이야기부터 해야 했다. 그리해 루하의 설명이 이어졌다.

어느 날 갑자기 예고도 없이 죽음을 맞아야 했던 어느 일족의 가혹한 운명에서부터 그들이 혈교이자 천외천인 이유, 그리고 그 천형을 벗어나고자 일족 일만 명의 목숨으로 강시를 만들어 냈던 일, 그리고 그 모든 안배의 실행자가 혼천마교라는 것까지……. 그렇게 길게 이어지던 루하의 이야기는 그들이 새로운 천주를 만들고자 하고 그에 필요한 제물을 모으기 위해 고수들을 납치하고 있다는 데에 이르러서야 겨우 끝을 맺었다.

루하의 이야기를 듣고 난 무림인들의 반응은 말 그대로 충격과 경악이었다.

누구 하나 쉽사리 입을 열지 못했다. 그동안 궁금해했던, 강시는 대체 누가 만든 것이며 무슨 목적으로 만든 것인지, 지금 무림을 피로 물들이고 있는 악도들이 누구이며 또한 무슨 목적인지, 궁금하던 모든 것들이 풀렸지만 오히려 혼란만 더 가중되었다. 그 속에서 화산파 장로 일엽(一葉)이 물었다.

"대협께선 그 모든 일을 어찌 그리도 소상히 알고 계시는 것이오?"

단지 쟁천표국의 정보력이 뛰어나서라고 하기에는 루하가 털어놓은 말들은 내부인이 아니면 알 수가 없는 것들투성이였다. 하물며 그 시작은 이백 년을 거슬러 올라가야 하는 것이 아니던가.

하지만 루하는 거기에 대한 답을 들려 줄 생각이 없었다. 그럴 생각이었다면 애초에 그 긴 이야기 속에서 연화와 자성에 대해서만은 철저히 빼놓지도 않았을 것이다.

"지금 중요한 건 그게 아니죠. 말씀드렸다시피 그들의 목적은 새로운 천주를 만들기 위한 제물입니다. 모르긴 몰라도 아직 다 채워지지 않았을 가능성이 높고, 그럼 조만간 다시 피바람을 일으킬 것이 분명합니다. 즉, 소림 하나로 끝이 아니라는 겁니다."

"음……."

저마다 토해 내는 침음성이 무겁다.

루하의 말대로 소림 하나로 끝이 아닐 것이다. 그렇다면 다음은 자신들이 될 수도 있었다.

무오가 물었다.

"그래서…… 어찌할 생각이시오? 어둠 속에 깊이 몸을 숨긴 채 바람처럼 빠르고 은밀하게 암약하는 자들이니만큼 찾아서 발본색원하는 것은 고사하고 그들의 살수를 방비하는 것조차 쉬운 일이 아닐 터인데, 대협께는 무슨 고견이 있으시오?"

루하를 향하는 모두의 눈에 기대가 담겼다.

루하라면, 삼절표랑이라면 분명 악도들을 막을 비책을 가지고 있을 것이다. 그러니 이처럼 무림 회의까지 열어 가며 각 문파의 수장들을 불러 모은 것이 아니겠는가.

하지만 이어서 나온 루하의 대답은 모두의 기대를 저버리는 것이었다.

"고견 같은 거 없습니다."

"……."

"아직 놈들의 위치도 제대로 파악 못 하고 있는 상황 아닙니까? 정확한 규모도 모르고. 근데 나라고 무슨 뾰족한 수가 있겠습니까? 분신술이라도 쓸 수 있으면 이 한 몸 쪼개고 쪼개서 여러분 문파들의 수문장 노릇을 해 보겠지만 그럴 수도 없는 노릇이고."

루하가 정말로 고견 따윈 없다는 듯 어깨를 으쓱해 보인다.

이렇게까지 무대책일 줄은 전혀 생각 못 했던 사람들은 어리둥절하기까지 한 표정을 한다.

"그, 그럼 우리는 왜 부른 것입니까?"

"놈들을 막을 비책은 없지만 그래도 소나기는 피해야 하니까요."

"무슨 말씀입니까?"

"말씀드렸다시피 놈들의 목적은 새로운 천주를 만드는 것입니다. 그것을 위해 제물이 필요한 것이고, 필요한 제물을 다 모으면 새로운 천주가 만들어집니다. 그리고 그 새로운 천주는…… 어쩌면 저로서도 감당할 수 없는 괴물일지도 모릅니다. 그러니 그런 사태가 벌어지기 전에, 미연에 그 가능성을 차단하자는 겁니다."

"그러니까 그걸 어떻게 차단하겠다는 말씀입니까?"

"간단합니다. 제물이 될 만한 고수분들은 모두 우리 쟁천표국에서 보호를 해 드리면 됩니다."

"그게 무슨……? 그게 가능하단 말입니까?"

"물론 한 분, 한 분 따로 보호하는 것은 불가능합니다. 그러니 그럴 만한 분들을 이곳 쟁천표국으로 보내 주십시오. 그리하면 저희가 보호해 드리겠습니다."

순간, 화산의 일엽이 얼굴을 구기며 말했다.

"허면 저희더러 쟁천표국에 몸을 의탁이라도 하라는 말씀이시오?"

"지금으로서는 그 방법밖에는 없습니다."

좌중의 분위기가 한층 더 무거워졌다.

누구 하나 선불리 대답을 하지 못한다.

왜 아니 그렇겠는가. 루하의 말대로라면 그들이 원하는

제물이란 각 문파의 수장이나 그에 준하는 고수들이다. 이름만으로도 어느 문파의 누구인지 다 알 만한, 소위 명숙이라 불리는 위인들인데 혼천마교가 무섭기로서니 어찌 쟁천표국의 등 뒤에 숨는단 말인가?

아무리 삼절표랑의 명성이 하늘처럼 높고 그 신망이 바다처럼 깊고 두텁다 해도, 그래서 모두가 그를 무림의 영수로 인정하고 있다고 해도 적이 두려워 그의 등 뒤에 몸을 숨긴다는 것은 무인으로서도 치욕적인 일일뿐더러 그들이 짊어지고 있는 수백 년 전통의 문파와 가문마저 욕되게 하는 것이었다.

그들의 망설임에 루하가 답답하다는 듯 덧붙였다.

"놈들의 제물이 될 만한 고수분들의 존재만으로도 각 문파에 위험이 된다는 걸 모르십니까? 소림이 당했습니다. 소림조차 당해 내지 못한 놈들입니다. 무림에 소림보다 강하다 자부할 수 있는 곳이 있습니까? 지금은 오기를 부릴 때가 아닙니다. 자존심이나 세우고 있을 때도 아닙니다. 어느 문파도 소림의 전철을 밟지 않는다 자신할 수 없는 상황입니다. 당장 내일이라도 멸문지화를 당할지도 모르는 판국에 잠시의 굴욕이 무슨 대수란 말입니까? 더구나 이건 각 문파만의 문제가 아닙니다. 자칫 새로운 천주가 완성되면 중원 무림의 안위마저 장담할 수 없는 상황이 됩니다.

연륜이 깊고 그만큼 지혜도 뛰어난 분들인 만큼, 지금 가장 중한 것이 무엇인지는 다들 아실 것이 아닙니까?"

루하의 그 뜨거운 토로에도 망설임만 짙어질 뿐 이렇다 할 변화는 없다.

'고지식한 인간들…….'

당장 목에 칼이 날아들고 있는데, 살기 위해서는 똥구덩이라도 굴러야 하는 상황인데 옷매무새 흐트러질 걱정이나 하고 있다.

그것이 무림을 영도해 온 자들의 자부심이고 자존심이겠지만, 루하의 눈에는 그저 노인네들의 똥고집으로밖에는 보이지 않았다.

그리해 루하가 다시 그들의 결정을 재촉하려는데,

"저희 점창은…… 대협의 의견에 따르겠소이다."

점창파 대장로 진청림(陳靑林)이었다.

진청림의 얼굴은 초췌했다. 그도 그럴 것이 이미 부릴 오기도, 세울 자존심도 없다. 축하단이 몰살을 당하면서 점창의 전력 절반을 잃은 그들에게 혼천마교에 대한 공포의 크기는 다른 이들과는 다를 수밖에 없는 것이다. 그런 면에서는 종남도 마찬가지였다.

"우리 종남도 대협의 뜻에 따르겠습니다."

비록 점창만큼의 피해는 아니었지만 그들도 축하단이 큰

화를 당한 만큼 싸울 의지 자체가 꺾여 있었다.

그렇게 점창과 종남이 물꼬를 트자, 그때부터는 망설이기만 하던 자들이 너 나 할 것 없이 쟁천표국의 보호를 받겠다 자청을 하고 나섰다.

물론 전부는 아니었다.

복건성의 패주인 을천문(乙天門)부터 현 구대문파의 수장인 무당까지, 열세 곳이 여전히 선뜻 답을 주지 않고 있었다. 의외인 것은 화산이었다. 루하가 한 발만 늦었어도 화산의 축하단 역시 큰 화를 면치 못했을 터였다. 더구나 다른 곳과는 달리 거기에는 재생 괴물까지 끼어 있었다.

직접 재생 괴물의 그 무시무시한 힘을 확인했으면서 어찌 저런 고집을 부릴까 싶으면서도 역시 구대문파 중에서도 4대 명문에 꼽히는 화산의 이름이라는 것이, 그 짊어진 무게라는 것이 간단히 내팽개칠 수 있는 것이 아님을 새삼 깨닫게 된다.

그러니 무당파야 오죽하겠는가.

미련 접었다.

더 입 아프게 말해 봤자 들어 먹힐 일이 아니었다. 루하가 자리에서 몸을 일으켰다.

"어차피 이는 누군가 강요해서 될 일이 아니겠죠. 각 문파마다 사정이란 게 있고, 수백 년 무림을 영도해 온 대문파에 감히 나이도 경험도 일천한 후배가 감 놔라 배 놔라 할 수는 없는 노릇이니까요. 하지만 쟁천표국의 문은 항시 열려 있으니 생각들이 바뀌시면 언제든 와 주십시오. 그리고 한 가지, 여러분들에게 받아 둘 약조가 있습니다."

"……?"

"오늘 이 회합에서 있었던 일을 절대로 외부로 새어 나가지 않게 할 것!"

루하의 말뜻을 다들 바로 이해했다.

오늘 이곳에서 나누었던 내용이 자칫 혼천마교의 귀에 들어가기라도 하는 날에는 루하의 뜻에 동조한 문파들은 동조한 문파들대로, 그렇지 않은 문파들은 그렇지 않은 문파들대로 위험에 노출될 수가 있었다.

은밀하게 진행해야 하는 일이었다.

혼천마교에 작은 빌미라도 제공하는 순간 놈들은 그 즉시 다시 달려들어 목을 물어뜯을 것이다.

루하가 다시 한 번 기밀을 유지해 줄 것을 강조하며 무림 회의는 끝이 났다. 하나둘 회의청을 떠나고 마지막으로 루하가 회의청 문을 나서는데, 그 앞에 설란이 기다리고 있었다.

설란의 표정이 무겁다.

"화산과 무당은 동참하지 않기로 했다면서?"

회의 상황을 전해 들은 모양이다.

루하가 고개를 끄덕였다.

"역시 아직도 구대문파에는 내 말발이 그렇게 간단히 먹히지는 않네. 명성이고 위신이고 다 너덜너덜해졌는데도 무당은 무당이고 화산은 화산인 모양이야. 이럴 줄 알았으면 내가 나서서라도 진즉에 공석인 장문 자리들을 채워둘걸 그랬어."

신대정회 회원들로 구대문파 장문인들을 다 채워 놓았다면 지금 같은 상황에서 이렇게 통제가 안 되는 일은 벌어지지 않았을 것이다.

"차라리 강압이라도 하지 그랬어?"

"강압? 위협을 해서라도 끌어다 앉히라고? 네가 웬일이야? 구대문파한테는 무조건 예의로 대해야 한다는 주의 아니었어?"

"상황이 상황이니까 그렇지. 지금까지 혼천마교의 행보로 보면 다음은 화산이나 무당이 분명하잖아. 저대로 두면 영락없이 소림의 전철을 밟게 될 거라고. 욕을 먹더라도 일단 사람은 살리고 봐야지. 게다가 두 문파마저 제물이 된다면 그땐 그만큼 새로운 천주의 완성이 가까워지는 거고."

그녀의 말대로였다.

모르긴 몰라도 화산과 무당파마저 당하면 그땐 정말로

새로운 천주의 탄생을 막지 못할 것이었다. 그런데도 루하는 상황에 맞지 않게 여유로웠다. 아니, 여유로운 정도가 아니라 태평하기까지 했다.

설란이 그런 루하를 의심스러운 눈으로 본다.

"무슨 생각이야?"

"무슨 생각이라니?"

"너무 여유만만이잖아."

"말했잖아. 난 새로운 천주든 뭐든 별로 안 무섭다고."

"그게 아니잖아. 내가 널 모르니? 지금 네 표정, 눈빛…… 뭔가 다른 꿍꿍이가 있는 게 분명한데 뭘."

설란이 날카롭게 추궁하자 시침을 떼던 루하가 이내 체념하듯 고개를 잘래잘래 젓는다.

"하긴, 차라리 귀신을 속이지 내가 널 어떻게 속이겠어. 맞아. 나 다른 꿍꿍이 있어."

"뭔데?"

"혼천마교 놈들이 언제까지 설쳐 대게 저대로 놔둘 수는 없잖아."

"그래서?"

"잡아야지."

"어떻게?"

어디에 있는지도, 언제 나타날지도 모르는 자들을 무슨

수로 잡는단 말인가?

“언젠간 나타나겠지. 화산이든 무당이든.”

“뭐?”

“고맙게도 알아서 남아 준다잖아, 화산이랑 무당이. 놈들한테는 그만한 먹잇감이 또 없고. 그럼 거기서 죽치고 있다 보면 언제고 나타나지 않겠어?”

“지금…… 화산과 무당을 미끼로 쓰겠다는 거야?”

“미끼라면 미끼랄 수도 있고, 기회라면 기회랄 수도 있고.”

설란은 루하의 저 천연덕스러운 태도가 거슬렀다. 더 거슬리는 것은 조금 전 루하가 뱉었던 한 마디였다.

‘고맙게도.’

“너…… 처음부터 계획했던 거야? 그래서 의도적으로 화산이랑 무당을 남긴 거야?”

“무슨 소릴 하는 거야? 내가 무슨 재주로 그들을 남기고 말고 해? 애초에 천 년 묵은 구렁이보다도 더 능구렁이 같은 인간들인데 내가 의도한다고 의도대로 움직일 인간들이냐고, 그 늙은이들이! 더구나 자칫 잘못하면 문파 하나가 날아갈 수도 있는 일인데, 아무리 내가 인간이 좀 덜 됐다 해도 그런 일에 함부로 끼어들어서 농간을 부릴 만큼 그렇게 막돼먹은 인간은 아니란 말이지. 그건 그들의 자발적인 결정이었어. 난 구태여 말리지 않은 것뿐이고. 물론 말릴 수 있는 일도 아니었고. 그러니까 이건 어디까지나 의도치 않게 생겨난 기회고, 난 그 기회를 살리려고 하는 것뿐이란 말씀이야."

그냥 둘러대는 말 같지는 않다.

하긴, 루하의 말대로 그녀가 아는 루하는 그렇게까지 막 돼먹은 인간은 아니었다.

"그래서 어쩔 건데?"

"놈들을 잡는 것도 중요하지만 여기 안전도 중요해. 그러자면 연화는 여기에 남아야 하고. 우형을 완전히 신뢰하진 못하니까. 그러니 움직일 수 있는 건 나 하나야. 어설프게 다른 인원을 배치했다간, 만에 하나 새로운 재생 괴물이라도 하나 더 튀어 나오면 내 사람까지 죽어 나갈 테니까."

"그치만 너 하나로 어떻게 두 곳을 지켜?"

"그러니 선택을 해야지. 그러자면 화산과 무당파 중 놈들이 다음 먹잇감으로 정할 곳이 어디일지부터 파악을 해야 하고."

"그래서 네 생각은 어디가 더 유력한 것 같은데?"

루하는 조금의 지체도 없이 대답했다.

"무당파! 원래부터 무당파가 화산파보다는 고수가 많잖아. 더구나 화산의 축하단까지 아직 여기에 머물러 있고.

그간의 행보를 보면 놈들…… 급해. 무슨 이유인지는 모르지만 상당히 무리하면서까지 급하게 제물을 모으고 있단 말이지. 그런 만큼 분명 한 번에 최대한 많은 제물을 확보할 수 있는 곳을 택할 거야."

*　　*　　*

무당파(武當派).

시조 장삼봉 진인이 무당파를 세운 이래 소림과 더불어 무림의 양대산맥으로 군림해 온 도교의 대종. 사시사철 안개에 싸여 있는, 산야의 고요마저도 정갈한 무당파가 근래에 들어 그 분위기가 사뭇 달라졌다.

삼절표랑의 입을 통해 전해진 혼천마교라는 이름 때문이다.

혼천마교에 의해 소림이 멸문의 화를 당했다. 그리고 삼절표랑은 소림이 끝이 아닐 거라고 했다. 그렇다면 다음은 어디겠는가?

구대문파 중 쟁천표국의 보호를 받지 않기로 한 것은 이제 무당과 화산뿐이다. 당연하게도 혼천마교가 다음으로 노릴 곳은 무당과 화산이 가장 유력했다. 그러하기에 무당파는 적 진영과 마주한 전장처럼 팽팽히 당겨진 긴장감 속에서 경계가 삼엄하기 이를 데 없었다.

“사형, 정말 혼천마교 놈들이 우리 무당파를 공격해 올까요?”

방금 교대를 하고 새벽 경계를 서기 시작한 정인(靜人)이 불안한 듯 정명(靜明)에게 물었다.

“왜? 무서우냐?”

“아, 아뇨! 그럴 리가요! 비록 제가 아직 정식 문하도 되지 못한 입문제자일 뿐이지만 그래도 명색이 무당파의 제자인데 그깟 마도 놈들을 무서워할 리가 있습니까?”

“마도라고 경시할 건 아니지. 소림을 무너뜨린 자들이 아니냐?”

“그래 봤자 사마외도의 잔당들일 뿐이죠. 소림은 그렇게 당했지만 우리 무당파는 절대로 호락호락 당하지 않을 것입니다. 대장로님부터 청우 사백까지, 그 무공이 하늘만큼 높은 분들이 즐비한데 제깟 것들이 어찌 우리 무당파를 당해 내겠습니까?”

“하지만 소림도 결코 우리 무당에 못지않은 힘을 가지고 있었다.”

“그야 소림은 방심의 결과가 아닙니까? 아무리 무도한 놈들이라지만 어찌 봉문 중인 문파를 노릴 수가 있는지……. 우리 무당이야 이미 악도들이 혼천마교라는 것도 알았고, 이에 만반의 태세도 다 갖추고 있으니 소림의 전철을 밟을 리는 없죠. 저만 해도 무당을 위해 기꺼이 죽을 각오가 되어 있으니까요."

"사제의 말을 들으니 내 마음이 다 든든하군."

말은 그렇게 하지만 정명의 얼굴에는 웃음기가 다분했다.

이를 알아차린 정인이 투덜거렸다.

"비웃지 마세요. 저 정말 진지하게 이 한 목숨 바칠 각오를 하고 있다고요. 물론 이깟 목숨 하나 바쳐 봤자 별 도움도 안 되겠지만…… 다만 한 가지, 태극권을 배우지 못하고 죽는 게 아쉬울 뿐이죠."

정식 문하가 되지 못한 입문제자들은 심의권과 팔괘권까지만 배울 수 있을 뿐 무당의 독문 무공인 태극권은 허용이 되지 않았다. 그리해 입문제자들에겐 태극권을 배우는 것이 최고의 꿈이자 목표였다.

정명이 정인의 어깨를 툭 쳤다.

"걱정 말게나. 사제는 반드시 태극권을 배우게 될 테니. 사제 말대로 대무당파는 숱한 사마외도의 침범을 당했지만 두려워한 적도, 당해 내지 못한 적도 없었으니까 말일세."

정명의 말에 적잖이 안심이 되는 정인이다. 하지만 막상 고개를 돌려 어둠에 싸인 산 아래를 내려다보고 있자니, 당장에라도 혼천마교도들이 밀고 올라올 것만 같은 불안함이 엄습해서 저도 모르게 침을 꼴깍 삼키고 만다.

그런데 그때였다.

달그닥달그닥—

산 아래 어둠 속에서부터 말발굽 소리가 음습한 울림을 만들어 내며 다가오고 있었다.

본능적인 경계로 허리춤의 검으로 손을 가져가는데,

"사제, 뭘 그렇게 긴장을 하고 그러나. 현화촌(炫花村)에 오는 물자들이지 않은가?"

바짝 긴장해 있는 정인이 재밌다는 듯 정명이 실소를 흘린다.

현화촌이라면 무당파가 소작을 놓고 있는 마을이었다. 식자재부터 생필품까지, 무당파에서 필요한 모든 물자를 현화촌을 통해 공급받고 있었다.

정명의 말에 새삼스러운 눈으로 다시 어둠을 살피는데, 아니나 다를까 짐수레 세 대가 올라오고 있었다. 새벽 경계가 처음인 정인에겐 그 모습마저도 낯선 광경이었지만 정명에겐 그렇지 않은가 보다.

수레 행렬의 가장 앞에서 행렬을 이끌던 촌부 하나가 다가오자 정명이 반갑게 인사를 나눈다.

"촌장님, 오랜만입니다."

"어이쿠! 이거 정명 도사님 아니십니까? 그간 안 보이시더니……."

"예. 무극관에서 백일 수련을 마치고 돌아온 지 아직 달포가 안 됐습니다. 한데, 오늘은 수레가 세 대뿐입니까?"

정명이 촌부 뒤의 수레 세 대를 보며 고개를 갸웃거렸다.

보통은 열흘에 한 번 물자들을 실어 나르고, 그럴 때마다 적게는 다섯 대에서 많게는 열 대가 넘는 경우도 있었다.

보통 때와는 달리 조촐한 물자에 정명이 의아해하자 현화촌 촌장 장염이 대답했다.

"당분간은 식자재 외에는 그 어떤 것도 들이지 말라는 무오진인의 분부가 있으셨습니다."

"대장로님께서요?"

"예."

하긴, 문파의 사활이 걸린 전쟁을 앞둔 시점이다. 오직 그 하나에 집중해도 모자랄 판국에 다른 잡다한 것을 들여 잡념을 키울 필요는 없는 것이다.

"안을 살펴봐도 되겠습니까?"

"그럼요. 그럼요."

장염의 지시에 수레를 끌고 온 수레꾼들이 일제히 수레의 뚜껑을 열었다.

장염의 말대로 간단한 식자재 외에는 특별히 이상한 것은 없었다. 다만, 수레에는 이상한 점이 없었지만 문제는 수레꾼들이었다.

한 수레당 세 명씩 모두 아홉 명이다.

결코 많은 숫자는 아니다. 오히려 무림인도 아닌 그들이 이 인원으로 가파르고 험준하기 그지없는 무당산을 무겁디무거운 짐수레를 끌고 오르내린다는 것이 늘 신기할 지경이었다.

다만 지금 정명의 눈에 거슬리는 한 가지는 아홉 명의 수레꾼들 중 두 명의 얼굴이 낯설다는 것이었다.

정명이 장염에게 물었다.

"이 두 분은 못 보던 분들이신데……?"

"아, 제 자식 놈 둘이 이번에 고뿔이 심하게 걸렸지 뭡니까. 그래서 오촌 당질들이 이번만 대신 왔습니다."

장염의 말에 정명이 다시 새삼스러운 눈으로 두 수레꾼을 살폈다.

하나는 체격이 건장한 것이 제법 힘깨나 쓸 것 같았고 다른 하나는 수레는커녕 그 한 몸 건사하는 것도 힘들어 보였다. 하지만 딱히 의심스러운 곳은 없었다. 얼굴 또한 어디서나 흔히 볼 수 있는 얼굴들이다.

그래서 대수롭지 않게 여기고는 문을 열어 주었다.

짐꾼들이 수레를 끌고 무당파 안으로 들어갔다. 그렇게 무당파 연무장을 가로질러 그 모습이 아련해질 때쯤 정인이 의아해하며 물었다.

“근데 저 쪼그만 사내 말입니다.”

“응?”

“아니, 장갑을 끼고 있지 않았습니까?”

“그랬나? 한데 그건 왜?”

“얼핏 보기에 가죽장갑 같던데…… 이 계절에 가죽 장갑이라니? 이상하잖아요?”

여름이 부쩍 가까워 온 요즘이다. 확실히 가죽 장갑은 이 계절에 어울리지 않는다.

하지만 정명은 이번에도 대수롭지 않게 흘려 넘겼다,

“허나 일꾼들이 장갑을 끼고 일하는 것이야 새삼스러울 것도 없는 일이지. 좀 덥긴 해도 가죽이라면 그만큼 튼튼하기도 한 것이니…… 딱 보기에도 몸이 허약해 보이던데, 그런 면에서 스스로를 보호하는 데 좀 유별나게 구는 것이겠지.”

“너보고 허약하다는데?”

루하가 피식 실소를 흘리며 짓궂은 표정으로 연화를 본다.

물론 지금 연화의 얼굴은 그 치명적인 아름다움을 감추기 위해 인피면구를 쓴 상태였다. 그건 루하라고 다르지 않았다. 그냥 하는 말이 아니라 조화지기로 인해 나날이 빛을 더해 가는 외모다 보니 이젠 어딜 가도 튄다. 아직 예천향에 비할 바는 아니지만 이러다간 언제고 예천향마저 외모로 눌러 버리는 날이 올지도 모른다. 실제로 천하 이대 마성남에 예천향과 같이 이름을 올리기도 했다.

그러니 은밀하게 움직여야 하는 이런 일에 맨얼굴을 드러내놓고 다닐 수는 없는 노릇이어서, 그 역시 인피면구로 얼굴을 가렸다.

사실 그는 혼자 오려고 했었다.

쟁천표국의 안전을 위해서라도 연화라는 안전장치는 마련해 두려고 했던 것인데, 연화가 고집을 부렸다.

'그놈의 귀소본능이 은근 사람 귀찮게 한다니까.'

만일 자성에게서 약조를 받아 두지 않았더라면 귀소본능이고 뭐고 그녀가 아무리 고집을 부려도 교극천과 예천향을 떼어놓은 것처럼 그렇게 눌러앉혔겠지만 상아에게 입힐, 이제 완벽하게 경량화에 성공한 금강한철 갑옷을 대가로 자성에게서 약속을 받아 뒀다.

그가 나가 있는 동안 쟁천표국을 지켜 주겠다는 약속.

그래서 그 약속를 믿고 쟁천표국을 떠나오긴 했는데, 그래도 마음 한편에 스멀거리는 불안함은 어쩔 수 없었다.

"하온데…… 정말 괜찮겠습니까?"

그때 장염이 루하의 눈치를 살피며 불안한 눈을 굴린다.

"무당파를 돕겠다는 말씀을 믿고 시키시는 대로 하고는 있습니다만 도사님들을 속이는 일이라 영 마음이 편치가 않아서……."

장염뿐만 아니라 같이 수레를 끌고 온 수레꾼들도 다들 불편한 기색들이다.

이미 루하는 그들에게 자신의 정체를 다 밝힌 상태였다. 처음에는 그저 돈 몇 푼으로 매수해 보려고도 했지만, 현화촌 사람들의 무당파에 대한 마음은 신뢰를 넘어 신앙에 가까운 수준이라서 돈으로는 아예 씨알도 안 먹혔다. 그래서 자초지종을 밝히고 도움을 청했다. 자신이 삼절표랑이라는 것과 무당파를 돕기 위해 왔다는 것. 그러자면 가까이에서 무당파를 살펴야 하는데 위치적으로 현화촌만큼 적합한 곳이 없으니 잠시 머물게 해 달라는 것까지.

루하의 정체에 대한 의심을 지우기까지는 여러 귀찮은 과정들이 있긴 했지만 결국 설득에 성공했고, 그로부터 그들이 현화촌에 머문 지 벌써 스무날이 다 되어 가고 있었다.

루하가 말했다.

“다시 말하지만 지금 무당을 노리는 혼천마교도들은 무당 혼자서는 감당할 수 없는 자들입니다. 하룻밤 사이에 소림이 멸문을 당했는데 무당인들 무사할 수 있겠습니까? 무당 도사님들이야 그분들 자존심 때문에 제 도움을 마다하셨지만 이대로라면 무당도 분명 혈겁에 휩싸일 것이 불을 보듯 뻔한 일입니다. 제게 무당파를 살릴 힘이 있는데 어찌 그걸 두고만 볼 수 있겠습니까?”

“그야 그렇지만…… 무당파에 들어오는 건 약조에 없던 일이 아니었습니까?”

사실 오늘의 방문은 루하의 계획에도 없던 일이었다.

그냥 장염이 무당파에 들어간다기에 무당파 분위기나 좀 살필 겸, 또 말로만 듣던 무당 본산이 어떤 곳인지 궁금하기도 해서 즉흥적으로 달라붙은 것뿐이었다.

하지만 그렇다고 이토록 불안해하는 사람들에게 곧이곧대로 말할 수는 없는 터라 대강 얼버무렸다.

“이게 다 무당파를 돕기 위한 일입니다. 무당파의 존망이 걸린 일이니만큼 좀 더 신중하게 여러 가지를 살피기 위함이니, 여러분들은 아무 걱정 마시고 이 삼절표랑 정루하만 믿으시면 됩니다.”

대강 얼버무리는 말이었지만 확실히 삼절표랑이라는 이름은 이런 산구석 촌부들에게도 효과가 컸다. 그들의 얼굴

에 깃들었던 불안들이 눈에 띄게 줄어들고 루하를 보는 눈에는 한층 더 강한 신뢰가 깃든다. 그런데,

'얘는 또 어딜 보고 있는 거야?'

이 순간 연화가 어딘지 복잡한 눈길을 저 멀리 어딘가로 던지고 있었다.

"너 뭘 보고 있어?"

"저기가…… 장서각인가?"

그러고 보니 그녀의 눈길이 향한 곳 그 끝에는 높이 솟은 전각 하나가 있었다.

第四章

이거…… 좀…… 큰일이 나 버린 건가?

"예. 저기가 장서각이 맞긴 합니다만……."

장염의 대답에 루하가 새삼스러운 눈으로 멀리 보이는 전각을 본다.

무당파 장서각.

소림의 장경각만큼은 아니라도, 무림인이라면 누구나 한 번쯤 구경하고 싶어하는 무림의 보고(寶庫)다.

"근데 장서각은 왜?"

루하가 의아해하자 연화가 대답했다.

"잃어버린 물건이 있어."

"잃어버린 물건?"

"혼천일기공(混天溢氣功)."

"혼천일기공?"

어딘지 그 이름이 낯설지가 않다.

무공에 대해서는 지극히 짧은 견문의 루하이기에 그 낯설지 않음이 더 의아했다.

'분명 들어본 이름인데…… 아니, 가만…….'

불현듯 떠오르는 또 하나의 이름.

"그거…… 무광육절 중 하나 아냐?"

무광육절. 그리고 육백년 전 무공에 대한 광적인 집착으로 사형제들을 주화입마에 빠트리고 무당파에서 파문당한 무광 을지율.

혼천일기공은 을지율이 말년에 남긴 여섯 개의 무공 중 아직 무당파에 남아 있는 세 개의 무공 가운데 하나였다. 아니, 무상천검은 그에게 있으니 무당파에 남은 것은 이제 둘이다.

아무튼 무광육절이라면 한때 그도 관심을 가졌던 물건이기에 부족한 견식에도 불구하고 그나마 잘 알고 있었던 것인데, 막상 무상천검을 구해 익혀 본 결과 기대와는 달리 영 별 볼 일 없는 무공이라 그때부턴 아예 관심을 끊었었다.

한데, 연화가 잃어버린 물건이 무광육절이라니?

루하의 얼굴에서 '뭐 그딴 걸 가지고 호들갑을 떨어?'라는 생각을 읽은 연화가 불쾌한 표정으로 말했다.

"혼천일기공은 을지율의 무공이 아냐. 그러니 무광육절이라 불릴 하등의 이유가 없어."

연화의 목소리에는 노기마저 서려 있었다.

더욱 의아하다.

"혼천일기공이 을지율의 무공이 아니라고?"

"혼천일기공만이 아니지. 애초에 무광육절이란 이름부터 잘못된 거야. 무광육절 중 을지율의 무공은 고작 두 개뿐이니까."

생각지 못한 사실에 놀라는 중에도 하나 짚이는 것이 있다.

"혹시 그 두 개 중 하나가 무상천검이야?"

아니나 다를까 고개를 끄덕이는 연화다.

"무상천검과 비선팔법(飛扇八法). 이 두 개가 을지율이 만든 무공이지."

"어쩐지 이상하더라니. 같은 무광육절인데 무극칠절이랑 무상천검은 아예 급이 다르더라니까."

비선팔법을 보지는 않았지만 무상천검 하나만으로도 그 수준이 어떠할지는 안 봐도 뻔했다.

"그거 완전 사기꾼이었구만."

"도둑이기도 하지."

그러고 보니 잃어버린 물건이라고 했다.

"그럼 무광육절 중 을지율이 만들지 않은 네 개가 바로……."

"우리 일족의 무공이야. 육백 년 전 을지율이 교묘한 언변으로 우리 일족 모두를 속이고 훔쳐간……. 당시 선조들은 그에게 속아 그가 우리 일족인 줄 알고 있었다더군. 그래서 그가 일족의 무공 네 종을 필사했다는 것도 까마득히 몰랐고. 심지어 그가 무당파의 파문 제자라는 것과 그가 필사해 간 무공이 무광육절이라 불린다는 것도 그로부터 이백 년이 더 지나서야 알게 되었으니까."

"그래서?"

"물론 알게 된 즉시 되찾아왔어. 내 스승님이 직접. 하지만 혼천일기공만은 찾지 못했어. 장서각을 다 뒤졌지만 혼천일기공만은 보이지가 않았다고 하시더군."

내공심법에는 그다지 관심을 두지 않던 루하였다. 이미 내공은 넘쳐나고 조화지기 덕분에 특별한 구결이 없어도 익히는 모든 무공을 자유롭게 쓸 수 있는 데다가, 내공심법이란 것이 대개는 오랜 시간을 투자해야 효력이 생기는 만큼 전혀 구미가 당기지 않았던 것이다.

하지만 잃어버린 무공들 중 유독 혼천일기공만은 되찾지

못했다고 하니 괜히 관심이 간다.

"혼천일기공이란 건 어떤 무공인데?"

"우리 무공의 근원. 권장지각 어느 하나의 지류를 따르지 않는 우리 일족이지만 내공심법만은 모두가 혼천일기공을 익혀. 즉, 혼천일기공은 우리 일족의 증명이자 핏줄로는 묶을 수 없는 일족을 하나로 엮어 주는 유대의 증표라고 해도 틀리지 않지. 그래서 을지율이 그것을 훔쳤다는 것을 알았을 때 선조의 분노는 컸어."

"그래서 무당파를 친 거야?"

"말했잖아. 내 스승님이 직접 되찾아 왔다고. 그날 그분을 막던 무당파 이백 고수가 그분의 손에 도륙을 당했지."

순간 뇌리를 스치는 이름 하나에 루하가 저도 모르게 소리쳤다.

"소수마후!"

사백 년 전 단신으로 무당파를 쳐들어가 무당파 이백 고수를 죽이고 홀연히 사라진 희대의 마녀.

그날 무당파 장서각이 불에 타고 무광육절 중 세 개가 절전되었다고 했다.

그 악명 높은 소수마후가 연화의 스승이었던 것이다. 그리고 단신으로 무당파를 공격했던 이유가 을지율이 필사해 간 무공을 되찾기 위함이었고.

그야말로 무림 비사를 알게 된 순간이다.

그 같은 무림 비사를 알게 되고 보니 혼천일기공이 더 궁금하다.

하늘의 시기를 받을 만큼 그 재능이 뛰어나다는 그들 일족이 아니던가. 그런 천재들이 무공의 근간이자 일족의 증명이며 유대의 증표라 하는 혼천일기공은 대체 어떤 심법일까?

루하의 눈이 새삼 장서각을 향한다.

하지만 그 순간 연화는 아예 장서각으로 몸을 날리고 있었다.

그 느닷없는 상황에 당황한 루하가 급히 그녀의 앞을 막아섰다.

"야! 너 지금 뭐하려는 거야?"

"이왕 여기까지 왔으니 찾아봐야지."

"장서각에 들어가겠다고? 도둑질이라도 하겠다는 거야?"

루하의 말에 살짝 미간을 찡그리는 연화다.

"도둑질은 무당파가 했지. 난 그걸 돌려받으려는 것뿐이다."

"그거야 니 생각이고! 이미 사백 년이나 지난 일이라 누가 진짜 주인인지 따지기도 어려운 판국에 무단으로 장서각을 털었다는 게 밝혀지면 무당파가 참 좋아라 하겠다. 좋은 일 하러 와서 도둑 오명 쓸 일 있어? 괜한 짓 하지 말고 본분에 충실하자고, 본분에. 우린 무당파를 지키러 온 거라고. 싸우려고 온 게 아니라. 그리고 굳이 장서각을 털지 않아도 혼천일기공을 되찾을 방법이야 얼마든지 있고."

지금까지 신대정회를 통해 얻은 비급만 수백 종이고, 그 모두가 각 문파의 장서각에 잠들어 있던 무공비급들이다. 그가 마음만 먹으면 혼천일기공 아니라 그보다 더한 것도 얼마든지 구할 수 있었다.

"다만 문제는 과연 저 장서각 안에 혼천일기공이 있냐는 거지만."

소수마후가 무당파를 피바다로 만들면서까지 찾았지만 결국 그 하나만은 찾지 못했다지 않은가. 어쩌면 무당파에는 애초부터 혼천일기공이 없었는지도 모르는 일이었다.

"아무튼 혼천일기공이 저 안에 있기만 하다면 내가 무슨 수를 써서라도 너한테 돌려줄 테니까 오늘은 참아. 아무렴 무당파가 직접 가져다 바치게 하는 게 무작정 장서각을 뒤지는 것보다야 확실하지 않겠어?"

루하의 말에 수긍이 가는지 연화의 눈에 망설임이 인다. 그럼에도 못내 미련을 끊지 못하고 다시금 그 눈이 장서각을 향하는 그때였다.

"응?"

순간 루하가 흠칫하며 그들이 들어왔던 산문 밖 어딘가로 눈을 던졌다. 루하만이 아니라 연화 역시 의아한 시선을 산문 밖으로 던진다.

"이건 뭐지?"

뭘까? 이 괴이한 기운은?

강한 기운이었다.

찰나간 자성을 떠올렸을 만큼.

하지만 자성과는 다르다. 아니, 지금껏 겪어 본 그 어떤 기운과도 다르다.

더할 수 없이 사이하고 음산하다. 존재를 인식한 것만으로도 온몸의 털이 곤두서고 등허리가 서늘히 젖는다.

'……새로운 천주란 놈인가?'

그 외에는 이 괴이한 기운을 설명할 방법이 없다.

진정 이번 공격에 새로운 천주를 대동하고 왔단 말인가? 허면 설마, 새로운 천주가 이미 완성이 되었단 말인가?

그러한 생각들이 한꺼번에 밀려드는 그때,

"적이다!"

"적의 침입이다!"

청정과 고요로 잠들어 있던 도가의 사대명산 무당산이 준엄한 기세로 하늘을 뚫고 있는 첨봉들처럼 하늘을 뚫을 듯 치솟는 분노와 들끓는 살기로 뒤덮였다.

병장기 부딪치는 날카로운 쇳소리와,

"네놈들이로구나! 네놈들이 혼천마교의 잔당들이야!"

"감히 대무당파를 범하려 하다니! 너희가 진정 목숨이 아깝지 않은 게로구나!"

추상과도 같은 대갈일성이 쩌렁쩌렁 산을 울리는 가운데, 무당파 각 전각들에서부터 기다렸다는 듯이 무당파 제자들이 뛰어 나간다.

"죽어라!"

"한 놈도 살려두지 마라!"

들려오는 고함성만으로도 산문 너머의 상황이 얼마나 긴박하게 돌아가는지 알 수 있었다. 지체할 틈이 없었다. 루하는 급히 산문 밖으로 몸을 날리려 했다. 그런데 바로 그 직전이었다.

그보다 앞서 담을 넘어 들어오는 인형 하나가 시야에 들어왔다.

'어?'

뜻밖에도 아는 얼굴이다.

북해빙궁에서 대적한 적이 있던, 재생 괴물들 중 유일하게 남아 있는 흑의장삼, 바로 그였다.

그러나 다르다.

그 생김은 같지만 완전히 다른 사람인 양 뿜어내는 기운은 전혀 다른 종류의 것이었다.

그랬다. 지금 흑의장삼에게서 느껴지는 기운은 조금 전 느낀 괴이할 정도로 강하고 사이하며 음산했던 바로 그 기운이었다.

'결국 저놈이 새로운 천주로 뽑힌 건가?'

생각하고 자시고 할 틈이 없다. 그 순간 이미 흑의장삼이 그를 향해 달려들고 있었다. 그런데 긴박한 순간 루하가 그를 맞서가려는데, 맹렬하게 달려들던 흑의장삼이 돌연 땅을 박차 올라서는 루하의 머리 위를 훌쩍 뛰어넘어 버리는 것이 아닌가?

어리둥절하며 돌아보는 루하의 시야에 흑의장삼의 어깨 너머로 낯익은 얼굴 하나가 보였다.

백염 백미에 신선도골풍의 노도인.

'무오……?'

그랬다. 지금 이 순간 내원의 문을 빠져나오고 있는 노도인은 무당파 대장로인 무오진인이었다.

애초부터 흑의장삼의 목표는 루하가 아니라 무오였던 것이다.

그러나 그걸 알아차렸을 때는 어찌 손쓸 새도 없었다. 흑의장삼은 무오가 미처 반응할 틈도 주지 않았다. 단숨에 공간을 격하더니 그대로 무오의 얼굴을 움켜쥔다.

그 순간,

"끄으으으……."

무오의 단말마와도 같은 신음 소리와 함께 '치지지직' 살이 타들어가는 소리가 들리는가 싶더니 이어서 펼쳐지는 너무도 소름 끼치는 광경.

"끄아아아악!"

구겨지고 있었다.

흑의장삼의 손아귀 안에서 무오의 얼굴이.

무오의 얼굴만이 아니다. 얼굴부터 목, 몸통, 팔, 다리…… 차례차례 종잇장처럼 구겨져 흑의장삼의 손 안으로 빨려 들어가더니 급기야 원래부터 그 자리에 없었던 것처럼 흔적조차 없이 사라져 버렸다.

"이게 대체……."

그 믿기지 않는 광경에 루하가 연화를 보지만 그 광경이 놀랍고 황당한 건 연화도 마찬가지였다. 게다가 상황은 그들에게 더 생각할 시간을 주지 않았다.

"무오 사형!"

그 황당하면서도 무시무시한 광경을 목격한 것은 그들만이 아니었던 것이다.

무오만큼이나 나이 든 노도인 하나가 불신과 경악으로

그렇게 외쳤고, 그 순간 흑의장삼이 그 노도인을 향해 몸을 날린 것이었다.

이번만큼은 루하도 넋 놓고 보고만 있지 않았다.

"멈춰!"

일갈을 터트리기도 전에 루하는 이미 흑의장삼을 향해 신형을 날리고 있었고 파운삼십육권은 그보다 더 빨랐다.

쾅!

흑의장삼이 노도인에게 닿기 직전 루하의 파운삼십육권이 정통으로 흑의장삼의 옆구리를 때린 것이다.

그 여력을 이기지 못하고 주르륵 미끄러져나가는 흑의장삼. 하지만 그뿐이다.

파운삼십육권을 정통으로 맞았는데도 고통스러운 기색 하나 없이 루하를 본다.

그런데,

'뭐야?'

그 눈이 이상하다.

이전에 보았던, 재생을 완성한 자의 눈이 아니었다.

각성하지 않은, 초기 단계의 강시와 똑같은 회색의 눈이다. 심지어,

"크르르르……."

짐승의 울음소리까지 낸다.

'뭐냐고, 저게?'

달라진 것은 단지 뿜어내는 기운만이 아니었던 것이다.

정화의 과정을 거쳐 재생을 완성한 자가, 그래서 더 이상 강시가 아닌 사람이 되었던 자가 어째서 저런 눈을 하고 그르렁 짐승의 소리를 내고 있단 말인가?

'게다가 방금 그건 또 뭐고?'

북명신공이니 흡성대법이니 하는, 기와 정혈을 흡수하는 마공은 루하도 들어 봤다. 하지만 방금 무오를 통째로 집어삼킨 그것은 실로 기괴하고 공포스럽다 못해 요사스럽기까지 했다.

"크르르르……."

흑의장삼이 루하를 보며 더욱 사납게 이빨을 드러낸다.

뭐가 어떻게 된 건진 모르겠다.

과연 저게 새로운 천주가 맞는지도 확실치 않다.

지금 이 순간 명확한 것은 저 괴물을 죽여야 한다는 것뿐.

하지만 흑의장삼이 먼저 움직였다.

팟—

흑의장삼의 목표는 루하가 아니었다. 아예 루하는 도외시한 채 가벼운 발돋움으로 단숨에 공간을 격하며 흑의장삼이 향하는 곳은 방금 전 루하로 인해 놓쳤던 이름 모를 노도사에게로였다.

순간 루하의 뇌리에 흑의장삼의 손에 구겨져 빨려 들어가던 무오의 모습이 스쳐 지나갔고, 동시에 다급해진 루하가 급히 주먹을 뻗었다.

"뇌격붕천!"

루하의 주먹에서 번개가 치며 파운삼십육권이 작렬했다. 그러나 이번엔 흑의장삼도 그냥 당하고 있지만은 않았다. 루하의 주먹에서 뇌성이 친 그 순간 기다렸다는 듯이 손을 떨친다.

콰콰콰콰콰콰!

파도처럼 거칠고 바위처럼 단단한 강기가 삽시간에 밀어닥쳤다.

피할 시간이 없다. 루하가 할 수 있는 거라고는 양팔을 교차해 방어하는 수뿐이었다.

콰아앙!

교차한 손이 퉁겨져 나갈 정도로 엄청난 강기의 압력에 발밑에 깊은 자국을 남기며 주르륵 미끄러져 나가는 루하다.

'이게 무슨…….'

자신이 힘에서 밀리다니?

조화지기와 강시의 내단을 두 개나 흡수한 루하였다. 지금껏 기예와 기술의 차이는 있었을지언정 단순히 힘에서 밀린 적은 없었다. 그런데 불과 몇 달 못 본 사이 흑의장삼이 힘으로 그를 밀어낸 것이다.

놀랍다 못해 황당하기까지 한 상황.

흑의장삼이라고 온전한 것은 아니었다. 흑의장삼이 뿌려 낸 강기에 루하가 떠밀려 나가는 그때 루하가 뿌려 낸 파운삼십육권 또한 다시 한 번 그의 옆구리를 강타했고, 처음의 것보다 훨씬 더 강한 힘이 실린 뇌격붕천에 내원의 담벼락까지 튕겨져 나갔다. 그러나 이번에도 그뿐이다. 말짱했다. 게다가 그 와중에도 루하에겐 아예 눈길도 주지 않은 채 끈질기게, 또한 벼락처럼 노도사를 덮쳤다.

루하는 아직 몸을 채 다 가누지 못한 상태였다. 어찌 막을 방도가 없었다. 그리해 흑의장삼의 손아귀에 노도사가 잡혔다.

"그만하라고, 이 망할 괴물아!"

루하가 다급히 일갈하며 주먹을 뻗어 보지만 늦었다.

으적으적으적으적.

정말로 그 손에 입이라도 달린 것처럼 뼈를, 살을, 그 영혼마저 씹어 삼키는 듯한 소리를 내며 이내 노도사를 먹어 버렸다.

뒤늦게야 파운삼십육권이 흑의장삼에게 닿았지만 이번

것은 처음 것보다도 힘이 실리지 않은 탓에 가볍게 털어 버리고는 아예 내원 깊이 신형을 날린다.

내원으로 향하는 이유야 뻔했다. 다음의 먹잇감을 찾는 것이다.

"돼지 같은 자식이 얼마나 더 처먹으려는 거야!"

이러다간 무당파의 나이 든 도사들은 아예 씨가 마르겠다.

막아야 했다. 하지만 당장이라도 뒤쫓아야 하는 긴박한 상황에 뜻하지 않은 방해물들을 만났다. 루하가 흑의장삼을 쫓으려는 찰나, 낯선 사내 둘이 그와 연화의 앞을 막아선 것이었다.

"뭐야? 그새 두 놈이나 더 만들어진 거야?"

처음 보는 얼굴이다. 그러나 그들이 누군지는 한눈에 파악했다.

재생 괴물들이다.

그 몇 달 사이 혼천마교는 새로운 천주만 만든 것이 아니라 재생 괴물을 둘이나 더 만들어 낸 것이다.

기가 막힐 노릇이다.

무당파를 치기 위해 저 미친 식인 괴물 하나에 재생 괴물 둘을 더 달고 오다니?

혹시 모를 방해를 대비해 혼천마교도 만반의 준비를 하

고 온 것이 틀림없었다.

그 사이 흑의장삼이 시야에서 사라졌다.

촌각이 급한 상황이다. 당장이라도 쫓아야 하는데 생각지 못한 방해물에 발목이 잡혀 버렸다. 그 조급함이야 오죽할까.

그때, 연화가 앞으로 나섰다.

"여긴 내가 맡을 테니까 넌 그자를 쫓아."

연화의 말에도 루하는 선뜻 자리를 뜨지 못했다. 다른 때라면 그 순간 주저 없이 흑의장삼을 쫓았을 것이다. 그러나 상대는 재생 괴물 둘이다. 그 하나하나가 연화에 못지않은 실력자들이니 연화에게 둘을 떠맡기기에는 불안할 수밖에 없었다.

하지만,

"무원(武源) 사숙!"

"멈추지 못하겠느냐!"

"이 악마 같은!"

내원 깊은 곳에서부터 들려오는 소란에 루하의 마음은 더 다급해졌다.

더 망설일 시간이 없다.

"조금만 버텨! 금방 처리하고 올 테니까, 어떻게든 그때까지만 버티고 있어!"

역시 지금 급한 것은 흑희장삼 쪽이다. 그리고 아무리 재생 괴물들이 대단하다고 해도, 연화라면 이기진 못해도 버틸 수는 있을 거라 믿었다.

그리해 비명과 분노, 공포로 얼룩져 있는 내원으로 신형을 날렸다.

"어딜!"

그 순간 재생 괴물 하나가 그의 앞을 급히 막아서 보지만 루하의 일수에 맥없이 밀려났고, 그 틈에 루하의 신형은 더욱 박차를 가하며 내원의 담을 넘었다. 뒤늦게 다시 루하를 쫓아 보려 하지만 그때는 이미 그 길목을 막은 연화의 소수가 투명하게 빛나고 있었다.

"너희의 상대는 나야."

그렇게 내원에 도착한 루하의 시야에 들어온 광경은 그야말로 아비규환이었다. 형체를 알 수 없는 조각난 시체들이 바닥에 덕지덕지 아무렇게나 묻어 있고, 그 덕지덕지 묻은 시체들 주위로는 몇 명의 죽음으로 만들어진 건지 모를 핏물이 흥건했다. 그 위에 발을 딛고 선 무당 제자들은 감당할 수 없는 공포에 분노마저 잃어버린 채 혼백이 빠져나간 얼굴들을 하고 있었다.

그 순간 루하의 뇌리를 스쳐 가는 의문은 '몇이나 먹은 거지?' 였다.

그가 재생 괴물들로 인해 발이 묶였던 그 잠깐 동안 대체 얼마나 먹어 치웠길래 무당파 제자들이 저런 모습들이란 말인가?

그렇게 루하가 눈앞에 펼쳐진 광경에 눈살을 찡그리고 있을 때였다.

"크르르……."

흑의장삼이 루하를 본다.

순간 흠칫하는 루하다.

그 사이 달라졌다.

흑의장삼의 눈빛이.

아무것도 없던 회색 동공에 그 사이 탐욕이 들어차 있다. 그리고 그것은 루하에겐 상당히 익숙한 것이었다.

'진화…….'

그랬다. 지금 흑의장삼의 눈빛은 초기 단계를 지나 진화에 접어든 강시들이 보여 주던 바로 그 눈빛이었고 탐욕이었다.

재생을 완성했던 자가 초기 단계로 돌아간 것으로도 모자라 그 사이 진화의 단계로 넘어갔다. 뭐가 어떻게 돌아가고 있는 건지 종잡을 수가 없다.

그런데 어쩐 일인지 그 탐욕이 향하는 곳은 자신이 아닌 것 같았다. 분명 그의 뒤, 저 멀리 어딘가를 향해 있다.

'저거 지금 연화를 보고 있는 거야?'

루하의 뒤에는 연화와 두 재생 괴물들뿐이다. 당연히 한패인 재생 괴물들일 리는 없다.

가슴에 서늘한 바람이 분다. 찰나, 흑의장삼이 신형을 날린다. 흑의 장삼이 향하는 곳은 물론 연화가 있는 방향이었다.

"흥! 내가 그리 쉽게 보내줄 것 같아!"

이번만큼은 놓치지 않는다.

"멸천혈폭!"

주저 없이 터지는 파운삼십육권. 이번에도 흑의장삼의 반격이 있었다. 하지만 이미 예측하고 있던 루하는 재빨리 몸을 틀어 피하며 더욱 거세게 파운삼십육권을 퍼부었다.

"노도붕산!"

"단혼일뢰!"

"멸겁폭!"

"개산일단악!"

"개산풍운벽!"

"개산일로참!"

가뜩이나 두 명의 재생 괴물을 상대로 고전하고 있을 연화였다. 여기서 자칫 흑의장삼을 놓치면 그땐 정말 연화가 위험해질 수 있었다. 어쩌면 무오가 그랬던 것처럼, 그리고 다른 노도사들이 그랬던 것처럼 연화도 그렇게 구겨져 흑의장삼의 손에 삼켜질 수 있었다. 그런 만큼 루하의 주먹은 빠르고 강했으며, 쉴 새 없이 이어졌다.

"크앙!"

그 바람에 제대로 성질이 난 흑의장삼이다.

마침내 그 눈에 루하를 담고 분노를 덧씌운다.

"크아앙!"

연신 터져 나오는 포효성만큼이나 루하를 향해 들이치는 흑의장삼의 공격은 사나웠다.

맞받지 않았다.

들이쳐 오는 만큼 몸을 뒤로 날려 거리를 유지했다. 비록 권법이기는 하나 파운삼십육권의 특성상 근접보다는 원거리에서 더 큰 효용이 있는 것도 있지만, 사람을 씹어 삼켜 대는 흑의장삼의 손이 그에게도 가까이 하기에는 꺼림칙했기 때문이었다. 하지만 그렇게 거리를 벌리는 중에도 루하의 공격은 쉼 없이 이어졌다. 흑의장삼에게도 파운삼십육권의 보이지 않는 공격은 여지없이 먹혀들어서, 거의 육탄으로 달려들다시피 하는데도 가까이 갈라치면 난데없이 터져 나오는 권풍에 막혀 번번이 거리를 내주고 만다.

그 바람에 약이 오를 대로 오른 흑의장삼이다.

"크르르르르……."

드러내는 이빨은 더 흉물스럽게 살기로 번들거린다.

하지만 루하는 루하대로 속이 답답했다.

원하는 대로 싸움을 유리하게 이끌고 있긴 하건만 별 소득이 없다. 맷집이 너무 세다. 초기 단계로 바뀌는 과정에서 금강석보다도 더 단단한 육신의 껍질 하나가 더 덧씌워진 느낌이다.

'이거 진짜 제대로 싸우지 않으면 끝이 안 나겠는데?'

아직 루하는 가진 힘을 다 짜내지 않고 있었다. 진화 강시의 내단을 먹은 이후로 딱히 온 힘을 다할 만한 싸움은 해 본 적이 없기에 습관적으로 그때그때 즉흥적으로 끌어낼 수 있는 힘을 간단히 끌어내어 써 왔을 뿐이다.

지금까지는 그것만으로도 충분했으니까.

그건 혼자 수련할 때도 마찬가지여서, 그는 자신이 가진 힘이 어느 정도인지조차 정확히 알지 못하고 있었다.

그러나 지금은 상황이 달라졌다.

즉흥적으로 짜내는 힘만으로는 이길 수 없는 상대를 만났다. 모든 힘을 다 짜내야 했다.

그리해 루하가 단전 깊이 가라앉아 있는 조화지기를 끌어 올리려는데,

구우우우우―

그들의 전장으로 사방의 공기를 진동시키며 달려들어 오는 자가 있다.

"이런!"

순간 루하가 헛바람을 삼켰다.

사방의 공기를 진동시키며 전장으로 뛰어든 사내, 재생 괴물 중 하나였다. 흑의장삼을 도우러 재생 괴물 하나가 전장으로 뛰어든 것이다.

루하가 헛바람을 삼킨 이유는 적이 늘어난 때문이 아니었다. 재생 괴물 중 하나가 여기에 왔다는 것은 연화의 안위에 뭔가 문제가 생겼을 가능성이 높다는 뜻이었다.

지체할 틈이 없다. 이젠 정말 모든 힘을 쏟아내어 이 전장을 끝내야 했다. 자칫 늦었다가 돌이킬 수 없는 사태가 벌어질 수도 있었다. 아니, 어쩌면 이미 그런 사태가 벌어졌는지도 모른다. 그리해 급박해진 루하가 온 힘을 끌어올려 뛰어든 재생 괴물부터 단숨에 제거를 하려 할 때였다.

눈앞에서 생각지도 못할 일이 발생했다.

푹—

루하를 마주한 채 흑의장삼을 등지고 선 재생 괴물의 심장을 흑의장삼의 손이 느닷없이 꿰뚫어 버린 것이었다.

그러고는 핏물이 뚝뚝 떨어지는, 그런 중에도 그 본연의 투명한 빛을 잃지 않고 있는 내단을 입으로 가져가더니,

우걱우걱.

씹어 넘긴다.

'저거 진짜 맛탱이가 갔잖아?'

동료의 심장을 파서 우걱우걱 내단을 씹어먹는 저 모습에선 한 점의 이성도 보이지 않았다. 모습만 그런 것이 아니라 이성이나 감정도 강시의 상태로 돌아간 것이 틀림없었다.

'근데…… 괜찮나?'

강시의 내단이라면 이미 두 번이나 먹어 본 루하다. 특히 진화 강시의 내단을 먹었을 때의 그 지독했던 고통은 정말이지 화염지옥에 떨어진 것 같았었다. 하물며 진화 강시보다도 훨씬 더 강한 기운이 담긴 재생 괴물의 내단이 아닌가.

아니나 다를까 어김없이 증상이 나타났다.

"끄으으으……."

흑의장삼의 얼굴이 고통으로 일그러지기 시작한 것이다.

얼굴만이 아니다. 온몸의 근육이 터질 듯이 팽창하는 것으로도 모자라 사지가 제멋대로 뒤틀린다.

"끄아아아아아!"

급기야 토해 내는 비명.

토해 내는 고통만큼이나 뿜어내는 기운은 실로 엄청나

서, 그 기운에 닿는 공기가 맹렬하게 폭발한다. 거기에서 터져 나오는 풍압이란 루하마저 주춤 걸음을 뒤로 물리게 할 정도였다.

그 순간 루하의 뇌리에 떠오른 생각은 저대로 두어서는 안 된다는 것이었다.

가뜩이나 극강의 흑의장삼이다. 온 힘을 다해야 겨우 이길 수 있는 상대였다. 그런데 만일 저대로 재생 괴물의 내단마저 흡수해 버린다면 그 뒷감당을 어찌하겠는가?

잠시도 지체할 여유가 없다. 재생 괴물의 내단을 다 흡수하기 전에 흑의장삼을 죽여야 했다.

루하는 그 즉시 흑의장삼에게로 몸을 날렸다. 그리고 단전에서부터 끌어올려 두었던 그 힘을 고스란히 파운삼십육권에 담아 두 주먹을 날렸다.

"천멸우!"

그리해 파운삼십육권 중 가장 강한 파괴력의 일초가 고통 속에 구겨져 있는 흑의장삼의 정수리를 가격했다.

콰앙!

그것은 능히 존재하는 모든 것들을 소멸시킬 힘이었다. 그런데,

"억!"

오히려 주먹을 날린 루하가 휘청하며 몸을 물린다. 아니,

물러선 게 아니다. 흑의장삼의 정수리를 가격한 순간 느껴진 엄청난 반발력에 퉁겨졌다는 게 맞다.

"……."

손이 다 얼얼할 지경이다.

서늘해 오는 가슴을 쓸어내리며 새삼스러운 눈으로 흑의장삼을 보는데, 그런 그의 시야로 흑의장삼을 감싸고 있는 투명한 강기의 막이 보였다.

얇았다.

마치 아지랑이처럼 있는 듯 없는 듯 모호한 기운이었다. 하지만 거기에 깃들어 있는 응축되고 응축되어진 그 진한 기운은 섬뜩하도록 선명한 파장을 뿜어내고 있었다.

아까까지만 해도 없던 기운이다.

재생 괴물의 내단이 흡수되는 과정에서 어떤 작용을 하고 있는 것이 틀림없었다.

'아직 다 흡수도 되지 않았을 텐데…….'

그런데도 저런 기운을 뿜어낼 정도라면 그걸 다 흡수한 다음은 어떨지, 생각만으로도 머리가 아찔해 온다.

역시 저대로 둘 수 없다.

루하가 주위를 둘러본다. 그리고 아무렇게나 나뒹굴고 있는 무당파의 송풍검 한 자루를 주워 들었다. 이윽고 그 송풍검은 묵빛 금강한철로 바뀌었다.

루하의 생각은 단순했다.

'일단 저 강기의 막부터 부순다!'

힘으로는 힘들다. 파운삼십육권 중 그 파괴력이 가장 강한 천멸우가 먹히지 않았으니 다른 건 해 보나 마나다. 그렇다면,

'날카로움으로 벤다!'

"검영삼파!"

이윽고 루하의 검에서 곤륜파의 영이검법이 펼쳐졌다.

그가 아는 가장 빠른 검.

비록 파괴력은 부족하지만 속도만큼은 능히 무림 최고라 불리는 쾌검. 그리해 세상 가장 날카로운 검이었다.

그리고 그 선택은 옳았다.

서걱—

루하의 검이, 곤륜파의 영이검법이 파운삼십육권도 튕겨 낸 강기의 막에 상처를 낸 것이었다.

"끄아앙!"

고통인지 포효인지 모를 비명을 지르는 흑의장삼이다.

자신의 공격이 먹힌다는 것을 확인한 루하는 한껏 기세가 올랐다. 그만큼 루하의 검은 더 거침없이 흑의장삼을 휘몰아쳤다. 그런 루하의 공격에 흑의장삼이 결국 고통도 뒤로한 채 반격을 해 보지만, 오히려 그 반격에서부터 본격적

으로 루하의 공격이 시작되었다. 이화접목의 요체를 바탕에 둔 단혼팔문도가 펼쳐지기 시작한 것이다.

"흡!"

"함!"

"팽!"

"출!"

그렇게 한번 속도가 붙기 시작한 단혼팔문도는 흑의장삼을 둘러싸고 있는 강기의 막이 완전히 사라질 때까지 멈추지 않았다. 그리해 강기의 막을 완전히 벗겨냈을 때, 루하는 검을 버리고 그 자리에 여지없이 파운삼십육권을 박아 넣었다.

"커헝!"

처음으로 제대로 박아 넣은 주먹이다. 튕겨져 날아가는 흑의장삼의 입에선 '쿨럭' 한 줌 핏물까지 토해지고 있었다.

"좋아!"

한껏 호기가 오른 루하는 조금도 공세를 늦추지 않았다. 아예 이참에 끝장을 볼 작정으로 피를 토하며 날아가는 흑의장삼을 향해 거침없이 파운삼십육권을 작렬시켰다.

"개산일단악!"

"개산풍운벽!"

"개산일로참!"

그야말로 맹폭이다. 태산을 부수고 하늘도 내려앉힐 힘의 집중 포화다. 당연히 흑의장삼이라고 온전할 리 없었다. 하지만 뿌옇게 뒤덮인 먼지가 가라앉기가 무섭게,

"크앙!"

발악하듯 루하에게도 달려든다.

그 순간 루하는 기가 질린 표정이었다. 그도 그럴 것이 한쪽 팔은 덜렁거리고 옆구리는 한 움큼이나 뜯겨져 나가 휑했다. 그런데도 그런 상처 따위는 아랑곳 않고 상처 입은 맹수가 되어 루하에게로 달려들고 있는 것이다.

"이게 짐승이야, 귀신이야?"

어느 쪽이든 역시 사람이 아닌 것만은 분명하다. 루하는 더욱 독하게 마음을 먹고 기를 끌어 올렸다. 그런데 그때였다.

루하에게로 달려들던 흑의장삼이 무슨 일인지 돌연 방향을 꺾더니 우측 전각으로 달려간다.

'저기에 뭐가 있지?'

순간적으로 의문이 떠올랐지만 그런 걸 붙들고 있을 시간이 없다.

"으악!"

흑의장삼이 넘어가자마자 이화전(李華殿)이라는 현판이

걸린 그 전각 안에서 비명 소리가 터져 나온 것이다.

"젠장!"

찰나의 틈만 줘도 무당파 제자들이 죽어 나간다.

루하는 그 즉시 흑의장삼을 쫓아 우측 전각의 담을 넘었다. 하지만 어느새 거기에는 흑의장삼은 사라지고 죽거나 죽을 만큼 다친 무당파 제자들만이 참혹한 지옥도를 그리고 있었다.

어디로 갔는지는 금방 알 수 있었다. 죽을 만큼 다친 무당파 제자들의 눈길이 거기서 다시 우측의 전각을 향해 있었던 것이다.

그 순간 루하의 뇌리를 스쳐 가는 것이 있다.

'설마 저 자식…… 연화를 노리는 거야?'

그러고 보니 몸이 너덜너덜해진 상태에서도 그 눈에 담긴 탐욕만큼은 그대로였었다.

애초부터 목적은 이곳이 아니라 연화였다. 루하에게 앞을 막히자 우회로를 택한 것이 틀림없었다.

순간 재생 괴물의 심장을 파내어 먹던 모습이 선명히 떠오른다.

자칫 늦으면 연화도 흑의장삼의 먹이가 될 수 있다.

"젠장! 젠장!"

루하는 흑의장삼의 뒤를 쫓지 않았다. 연화에게 이르는

가장 최단 거리를 질주했다. 그리해 연화에게 도착했을 때, 그의 시야에 들어온 것은 한창 혈투 중인 연화와 재생 괴물, 그리고 그들을 향해 맹렬하게 덮쳐들고 있는 흑의장삼이었다.

한발 늦었다. 하지만 만회할 수 있다.

거리상으로는 흑의장삼이 연화에게 더 가까이에 있었지만, 몸이 만신창이가 되다시피 했기에 따라잡기엔 충분했다. 그리해 주저 없이 땅을 박차는데, 정작 루하가 향하는 곳은 연화가 아니었다.

연화를 상대하고 있는 재생 괴물이었다.

그건 흑의장삼도 마찬가지였다. 탐욕으로 번들거리는 그 눈의 끝에는 어쩐 일인지 이번에도 연화가 아니라 재생 괴물이 있었다. 루하가 재생 괴물을 먼저 택한 것도 그 때문이었다.

흑의장삼이 먹기 전에 먼저 재생 괴물의 내단을 부순다!

"천멸우!"

이윽고 흑의장삼보다 한발 앞서 재생 괴물에게 파운삼십육권이 작렬했다.

콰앙!

"커억!"

그렇잖아도 연화에게 압도당한 채 수세에 몰려 있던 재

생 괴물에겐 그야말로 느닷없고 벼락같은 공격이 아닐 수 없었다. 피하고 자시고 할 새도 없이 천멸우에 강타당해서 실 끊어진 연처럼 날아간다. 그렇게 튕겨져 날아가는 재생 괴물을 단숨에 따라 잡은 루하가,

푹—

재생 괴물의 심장에서 내단을 뜯어냈다. 그리고 보란 듯이 흑의장삼의 앞에 그것을 들이밀고는 그대로 '꽈직' 으스러트려 버렸다.

그 순간에 흑의장삼의 두 눈에 들어차는 아쉬움과 안타까움이라니.

"그렇게 아까워할 것 없어. 그걸 먹나 안 먹나 내 손에 죽는 건 어차피 매한가지니까."

루하가 흑의장삼에게로 한 걸음 성큼 다가갔다. 그와 반대로 흑의장삼은 주춤 한 걸음 물러선다.

본능적으로 아는 것이다. 자신이 이길 수 없음을. 몸이 온전했더라도 장담할 수 없는 판국에 하물며 몸이 너덜너덜해진 상태로는 요행조차 바랄 수 없다는 것을. 그리해 흑의장삼이 택한 것은 도주였다.

그대로 몸을 돌려서는 뒤도 돌아보지 않고 달아난다.

이미 예상은 했다. 흑의장삼의 지금 상태는 진화 강시와 같았다. 그리고 진화 강시는 생존에 대한 집착이 가장 강한

시기여서 위험을 감지하면 도망부터 치고 보는 게 그 습성이었다. 그 때문에 황궁에서 진화 강시와 처음으로 조우했을 때도 꽤나 애를 먹었던 경험이 있었다.

그래서 도망을 칠 것을 미리 알았다. 그런데도 막지 않은 것은 그래 봤자이기 때문이다.

"흥! 저딴 몸으로 날 따돌릴 수 있을 리가 없잖아!"

루하는 그 즉시 흑의장삼을 쫓았다.

루하가 쫓자 흑의장삼이 속도를 높인다.

"그러니까 그래 봤자 소용없다니까!"

루하도 두 다리에 기운을 실으며 더한층 속도를 높였고, 그러자 흑의장삼도 더한층 필사적으로 속도를 냈다.

그런데 뭔가 좀 이상하다.

"뭐야, 이게?"

좁혀지지 않는다.

처음에는 고양이가 쥐를 쫓듯 그렇게 여유를 가지고 쫓았는데, 어떻게 된 것이 그가 속도를 내는 만큼 흑의장삼도 속도를 낸다. 심지어 점점 더 빨라져서 거리가 점점 더 벌어지기까지 했다.

"뭐야? 뭐가 저렇게 빨라? 저 몸으로 어떻게……."

그러고 보니 덜렁거리던 팔이 어느새 정상적인 각도로 움직이고 있고, 휑하니 파인 채 핏물과 진물이 뒤엉켜 있던 옆구리도 어느 정도 갈무리가 되어 가고 있다.

순간,

"이런!"

'아차!' 하는 루하다.

도망을 치는 중에도 조금 전 먹은 재생 강시의 내단이 흡수되고 있는 것이다. 그 내단의 기운이 상처를 치유하고 있는 것은 물론이고 경공술마저도 빨라지게 하고 있는 것이 틀림없었다.

"이런 엿 같은!"

그제야 발등에 불이 떨어져서는 뒤늦게 두 다리에 힘을 가해 보지만 이미 늦었다.

"……."

멀어진다.

그 순간에도 흑의장삼은 내단의 기운을 계속해서 흡수하며 점점 더 빨라지고 있었다. 그로 인해 극복할 수 없는 경공술의 차이를 여실히 드러내며 급기야 까마득한 점이 되어 버렸다.

터덜터덜…….

결국 포기하고 멈춰 섰다.

그리고 허탈한 얼굴과 조금은 멍한 눈으로 이제 흔적조차 남지 않은 흑의장삼을 망연히 쫓는다.

"이거…… 좀…… 큰일이 나 버린 건가?"

길들여지지 않은 맹수, 아니, 피에 미친 살인귀가 세상 밖으로 나와 버린 것이다.

第五章

그래! 안 될 게 뭐란 말인가!

"그나저나…… 여긴 또 어디야?"

흑의장삼을 쫓느라 정신없이 달리다 보니 어딘지 모를 곳에 와 있다.

눈앞에 큰 강이 있고, 그 너머에 강 건너에서도 훤히 보이는 높디높은 고루거각이 하늘을 뚫을 듯 그 위용과 자태를 뽐낸다.

"설마 저거…… 황학루야?"

삼국시대에 지어진 강남 최고의 명루.

그렇다면 지금 그의 눈앞에서 유유히 흐르고 있는 강은 장강이라는 뜻이다.

'그새 멀리도 왔네.'

이곳의 위치를 확인하고 보니 그제야 연화와 무당파가 신경이 쓰인다.

그가 흑의장삼을 쫓아 나올 때까지도 무당파는 여전히 혼천마교도들의 공격을 받고 있었다. 연화가 남아 있었으니 그나마 수습이 되었을 듯도 싶지만, 그래도 마음이 놓이지는 않는다. 이미 재생 괴물이 둘이나 더 나타났는데 더는 없다 장담할 수 없는 것이다.

그렇게 생각하니 마음이 불안하고 조급해진다.

루하는 흑의장삼에 대한 생각은 일단 접고 곧바로 다시 무당산으로 길을 돌렸다.

그리해 당도한 무당파는 엉망이었다. 그 사이 살벌하고 처절했던 전투는 끝이 나고 혼천마교도 이미 사라지고 없었지만, 무당파고 혼천마교고 할 것 없이 아직 수습하지 못한 시체가 아무렇게나 뒤엉켜 있어 코를 찌르는 역한 피비린내가 산문 아래에서부터 온 산을 진동했다. 사문 형제들의 죽음 속에서 살아남은 무당파 제자들의 얼굴은 그보다 더 참담했다.

"어떻게 됐어?"

루하가 돌아오자 연화가 묻는다.

루하는 고개를 저었다.

"놓쳤어. 그보다, 여긴?"

"살아 있는 자들보다 죽은 자가 더 많을 거야."

생각보다도 피해가 크다. 그나마 연화라도 있었기에 이 정도에서 마무리된 거지, 연화마저 없었다면 더 끔찍한 일이 일어났을 것이다.

"그러게 표국으로 오랄 때 그냥 왔으면 이런 일도 없었지. 괜히 고집을 부려서 이게 다 무슨 난리냔 말이야."

루하의 목소리에는 원망이 담겨 있었다.

하지만 그 원망을 들어야 할 대장로 무오는 이미 흑의장삼에게 삼켜져 버렸다.

"이제 어쩔 거야?"

"일단 돌아가야지. 혼천마교 놈들이 다시 이곳을 노리지는 않을 것 같으니까."

무당파뿐만이 아니다. 짐작컨대 그간의 납치 사건도 이걸로 끝일 것이다.

"모르긴 몰라도 납치된 고수들은 진화를 위한 재료였던 것 같으니까."

무당파에서 필요한 재료가 모두 채워졌다. 소림에서와는 다르게 흑의장삼을 직접 대동하고 온 것도 오늘로 마지막이기 때문일 것이다. 그리고 결국 초기 단계의 강시로 돌아갔던 흑의장삼이 다음 단계의 진화에 성공했다.

이제 흑의장삼에게 필요한 것은 고수들이 아니다. 진화 강시들이 그랬듯이 충족되지 않는 굶주림과 허기진 탐욕을 채울 수 있는 것은 다른 강시의 내단일 것이다.

그리고 그 허기진 탐욕을 모두 채웠을 때, 그리해 다시 만났을 때는 지금보다도 훨씬 더 강해져 있을 거라는 뜻이기도 했다.

'재생 괴물의 내단 하나로 만족을 할 것 같진 않았으니까.'

그걸로도 부족해서 다른 재생 괴물의 내단까지 노리지 않았던가.

과연 다음에 만날 때는 어떤 모습일까? 파운삼십육권의 효용만으로 감당해 낼 수 있을까?

지난번 '새로운 천주에게 부여할 힘은 너와 나를 능가하는 힘이 될 것이라' 했던 자성의 말이 그제야 실감이 난다.

그리해 꽉 말아 쥔 주먹 안이 축축하게 땀에 젖는다. 그것은 참으로 오랜만에 느끼는 두려움이었다. 그런 한편으로, 두 번째 내단을 그렇게라도 부수지 않았다면 어떻게 되었을지 생각만으로도 눈앞이 다 아찔해 온다.

"대체 혼천마교 놈들은 무슨 생각으로 재생 괴물들과 같이 온 거야?"

흑의장삼을 무당파로 데려온 것을 보면 오늘로 진화의

단계로 접어든다는 것을 그들도 알았다는 뜻이고, 재생 괴물이라고 해도 내단을 지니고 있는 이상에는 흑의장삼의 탐욕의 대상이 될 수도 있다는 것도 인지했을 텐데 왜 굳이 여기까지 같이 데려와 흑의장삼의 먹이가 되게 한 건지 이해가 안 된다.

정말 몰랐던 것일까? 그래서 단순히 혹시 모를 삼절표랑의 개입에 대비하고자 한 것일까?

"아니면 설마…… 일부러 잡아먹히게 하려고?"

수백 년을 충심으로 한결같이 섬겨 온 그들이 설마하니 그들의 주인마저 제물로 써먹으려 하진 않았겠지, 하면서도 마음 한편의 찝찝함은 더욱 커지고 선명해진다.

만일 그 설마가 사실이라면…… 어쩌면 정말로 무서운 건 흑의장삼이 아니라 혼천마교가 아닐까? 하는 생각이 불현 듯 루하의 뇌리를 스쳐간다.

*　　*　　*

"확인된 건 무창까지입니다. 그 후로는 천주의 행방이 묘연합니다."

수하의 보고에 태사로 이찬의 얼굴 가득한 주름들이 더욱 깊게 파였다.

뭔가 대비는 해 뒀을 거라 짐작은 했지만 설마하니 무당산에 삼절표랑이 직접 와 있을 거라고는 전혀 생각지 못했다. 그로 인해 모든 계획이 헝클어져 버렸다.

천인들마저 속이며 준비한 계획이었다. 하나하나가 더할 수 없이 아까운 전력인데도 불구하고 완전한 천주를 만들기 위해 그들마저 제물로 바치려고 했을 만큼 거기에 모든 사활을 걸었다.

계획대로라면 천주는 재생 괴물들에게서 두 개의 내단을 모두 취했어야 했다. 그리되었다면 정화된 두 개의 내단이 천주의 이성을 깨웠을 것이고 부족한 힘도 채워 주었을 것이다.

그런데 삼절표랑으로 인해 반쪽짜리가 되어 버렸다.

하나로는 재생으로 넘어가기 위해 필요한 동력을 다 채우지 못한다. 이성을 깨우기에도 하나로는 부족하다.

"어찌해야 합니까?"

수하가 암담한 표정으로 묻는다.

"제물로 쓰일 천인을 하나 더 만들어야겠지."

"허나……."

말처럼 간단한 것이 아니다.

"두 분의 천인을 만드는 데만 해도 수개월이 걸렸습니다. 그것도 형제들을 모두 동원해 정화의 인을 모조리 긁어 모아서야 겨우 가능했던 것입니다. 천인을 하나 더 만들 정도의 정화의 인이 과연 남아 있을지……. 게다가 더 큰 문제는 천주의 몸이 아닙니까? 저대로 재생을 완성하지 못한 채로 그 큰 힘을 써 대다가는 얼마 안 있어 스스로의 힘을 감당하지 못하고 폭주하게 될 가능성이 큽니다."

"알고 있다."

불완전한 몸이다. 한계를 부수고자 억지로 시전한 두 번의 환혼대법이 그 몸을 얼마나 혹사시켰을지 누구보다 잘 알고 있다.

더 무리하게 둬서는 안 된다. 한번 폭주를 시작하면 그땐 그들로서도 손쓸 방법이 없었다.

서둘러 재생을 끝내야 했다.

"허나 지금으로서는 어떻게 해서든 천인을 만드는 것 외에 달리 방법이 없지 않느냐?"

"차라리 이참에 아예 쟁천표국을 치는 것이 어떻겠습니까?"

"……?"

"거기에는 혁련휘가 남긴 정화의 인이 고스란히 남아 있지 않습니까? 거기다 무연 천인을 죽이고 정화된 재생의 씨앗까지 삼절표랑이 취했다고 하면, 쟁천표국을 쳐서 그것들을 얻을 수만 있다면 늦지 않게 천주를 완성시키는 것도 충분히 가능한 일이 아닙니까?"

"불가하다. 천인 하나 없이 삼절표랑을 무슨 수로 감당할 수 있단 말이냐?"

"삼절표랑은 우리를 찾기 위해 혈안이 되어 있습니다. 충분히 유인해 낼 수 있습니다."

"그래도 불가하다. 삼절표랑을 멀리 유인해 낸다고 해도 천인들만큼이나 강한 계집이 있다. 그 계집뿐만이 아니지. 북해빙궁의 고수들을 비롯해서 각 문파의 장로급 고수들까지 모두 집결해 있다. 그야말로 용담호혈이나 다름없는 곳이 아니냐."

지금 그들이 가진 힘으로는 쟁천표국의 담을 넘기도 전에 몰살을 당할 것이 불을 보듯 뻔했다.

"허나……."

그 와중에도 기대해 볼 수 있는 것은 하나 있다.

"네 말대로 거기에 혁련휘가 모은 정화의 인이 고스란히 남아 있다면, 거기에 무연 천인의 내단까지 같이 있다면…… 어쩌면 사라진 천주는 지금 쟁천표국을 향하고 있을지도 모른다. 그 많은 정화의 인이, 완성된 재생의 씨앗이 강력한 인력으로 천주를 끌어당기고 있을 테니까."

어쩌면 굳이 그들이 나서지 않아도 의외로 간단히 천주의 재생이 완성될지도 모르겠다.

'만약 삼절표랑이 무당파에서 조금만 더 지체해 준다면…….'

하지만 태사로가 하나 알지 못하는 게 있었다.

지금 쟁천표국엔 북해빙궁과 각 문파의 고수들만이 집결해 있는 것이 아니라는 것.

지금 거기에는 자신들을 버린, 그래서 무리를 해서라도 대체자를 만들 수밖에 없게 만든 전(前) 천주도 같이 있다는 것 말이다.

쾅!

강렬한 폭발음에 천지가 뒤흔들리고,

"음……."

자성이 침음성을 삼키며 두 걸음 물러났다.

지금 그의 눈이 향하는 곳.

"크르르……."

흑의장삼이 마찬가지로 쿵쿵 두 걸음을 뒤로 물러나며 사나운 이빨을 드러낸다.

태사로 이찬의 짐작대로 루하를 피해 도망치던 흑의장삼이 쟁천표국 안에 잠들어 있는 정화의 인과 완성된 재생의 씨앗에 끌려 단숨에 이곳까지 달려온 것이다. 그리고 그 기운을 감지한 자성이 급히 달려 나와 이렇게 그를 막아선 상황이었다.

그런데 사납게 이빨을 드러내는 흑의장삼과는 달리 그를 보는 자성의 눈빛은 어딘지 복잡했다.

"벽우(碧雨). 결국 이렇게 다시 만나게 되는군."

툭 던지는 말투에도 많은 감정들이 담겨 있다.

아는 자였다.

일족인 만큼 서로 간에 안면이 있다는 게 뭐 특별한 일이겠느냐마는, 저 벽우라는 이름의 사내와 자성은 조금 특별한 인연이 있었다.

이백 년 전 천주로 간택되는 과정에서의 경쟁자였다.

두 개의 내단을 견뎌 내기 위해서는 그만큼 강한 신체가 요구되었고 그 과정에서 여러 시험을 통해 최종적으로 두 명이 남았는데, 그게 바로 자성과 벽우였다. 그런 그들이 이백 년이 지난 지금 전 천주와 현 천주라는 얄궂은 모습으로 이렇게 조우하게 된 것이다.

하지만 지난 일을 추억하며 회포를 풀기에는 지난날의 기억이 아무것도 남아 있지 않은 벽우다. 탐욕으로 번득이는 벽우의 눈은 오직 지금 자성의 가슴속에서 그 존재감을 여실히 드러내고 있는 두 개의 내단만을 향하고 있었다.

"크르르……."

사납게 드러낸 송곳니에서 흉물스러운 침이 뚝뚝 떨어진

다. 이윽고,

"크앙!"

굶주림과 탐욕을 이기지 못하고는 다시금 자성을 덮쳤다.

쾅!

주먹과 주먹이 맞닿고,

쾅!

기운과 기운이 충돌한다.

그 바람에 쟁천표국 안에서 놀라 튀어나온 사람들이 그 경천동지한 싸움에 넋을 잃는다. 북해빙궁이고 구대문파의 고수들이고 할 것 없이 누구도 감히 그 싸움에 끼어들 엄두를 내지 못한다. 일렁이는 파도 위에서도 굳건할 그들이건만, 두 괴물의 충돌 속에서 터져 나오는 풍압에 당장이라도 무너질 듯 갈라질 듯 이고 있는 하늘이 흔들리고 딛고 선 땅이 울렁여 제대로 서 있는 것조차 힘에 겨워하고 있었다.

그만큼 그 속에서 펼쳐지는 두 괴물의 싸움은 압도적이고 경세적이었다. 그리고 형세의 유불리를 판가름할 수 없을 만큼 치우침 없이 팽팽한 싸움을 이어가고 있었다.

그런데 그때, 그렇게 팽팽하게 이어지던 싸움의 균형을 깨는 작은 목소리가 있었다.

"아저씨……."

그리고 하필이면 그때가 최고의 절초로 최강의 한 수를 맞부딪치는 순간이었다.

콰앙!

세상을 통째로 부숴 버릴 듯한 폭발음에 더해,

콰콰콰콰콰콰콰콰!

땅이 갈라지고 갈라진 파편이 사방으로 튀어 오른다.

비록 파편이지만 그 하나하나가 무엇에도 비교할 수 없는 흉기였다. 무림에서 난다 긴다 하는 고수들조차 감히 막을 엄두도 내지 못하고 급히 몸을 물려 피하는 데 급급할 정도로 무시무시한 기세로 흩뿌려지고 있었다. 그리고 그 끝에 작고 나약한 생명 하나가 있었다.

상아였다.

"이런!"

맹렬한 기세로 뻗어 나가는 땅의 파편에 당장이라도 작고 연약한 상아의 몸이 갈기갈기 찢길 찰나, 자성이 다급히 손을 뻗었다.

콰직—

상아를 향해 쏘아져 가던 파편이 자성이 뻗은 강기에 구겨져 가루가 된다. 하지만 마음을 놓을 사이도 없이 더 큰 위험이 상아를 덮쳤다. 탐욕과 살육의 본능에 사로잡힌 중에도 상아가 자성의 약점임을 알아차리고는 벽우가 상아를 향해 일장을 날린 것이다.

그 절체절명의 순간, 자성이 단숨에 공간을 격하고는 상아를 향해 날아가는 일장 강기를 쳐냈다.

쾅!

"큭!"

급한 마음에 힘을 채 싣지 못한 자성이 짤막한 신음을 흘리며 주룩 두 걸음을 물린다. 벽우도 한 차례 크게 몸을 휘청인다.

하지만 역시 상태는 벽우가 좋았다.

"크앙!"

눈앞의 거북스러운 상대를 끝장낼 수 있는 절호의 기회라 판단하고는 기세가 오른 포효를 토하며 미처 신형을 가누지 못한 자성을 향해 지금까지와는 견줄 수 없는, 가진 모든 힘을 짜낸 일격을 날렸다.

그 가공스러운 일격을 자성이 급히 맞받고,

콰앙!

폭발이 일었다.

콰콰콰콰콰콰콰콰!

흩뿌려지는 여파마저도 해일처럼 퍼져 나가서 사방 이십 리가 마치 운석이라도 떨어진 것마냥 초토화가 되었다. 심지어 규모 면에서는 황궁보다도 더 큰 쟁천표국 건물마저 마치 칼로 벤 듯이 절반이 소멸되고 없었다.

그 폐허의 중심에 자성이 있었다. 기의 폭풍에 휩쓸려 가루가 되었을 것 같던 자성이 의외로 멀쩡한 모습으로 당당히 서 있었다. 오히려 힘에 밀린 것은 벽우였다.

당장이라도 쓰러질 듯 비틀비틀 뒤로 물러서는 벽우의 회색 동공에는 불신의 기색이 가득했다.

회심의 일격을 가한 순간, 지금까지와는 차원이 다른 힘이 반발해 왔다. 그 반발력에 눌려 한 모금 핏물까지 토하고 말았다.

그랬다.

그거야말로 자성의 진실된 힘이다. 지금까지 그는 일족을 등진 것에 대한 미안함과 일족의 염원을 저버린 것에 대한 자책으로 인해 싸울 의지도 이길 의욕도 없던 상황이었다. 그러다 벽우의 살수가 상아를 향하고, 다행히 늦지 않게 막을 수는 있었지만 그럼에도 창백하게 질린 상아의 얼굴을 본 순간 금제가 풀린 것이다.

자성은 분노했다.

"죽인다!"

막아 둔 힘의 해방, 자성의 진실된 힘이 다시 한 번 폭발했다. 그리고 그때부터 싸움의 양상은 판이하게 달라졌다.

콰앙!

내지른 주먹 한 방에 맥없이 주르륵 미끄러져 나가는 벽우다.

팟—

벌어진 거리만큼 땅을 박차며 쫓는 자성의 기세는 사나웠다.

콰앙!

뻗어내는 권풍의 풍압 또한 지금까지와는 완전히 달라서, 벽우는 그 주먹을 막는 데에만 급급할 지경이었다.

탐욕과 살의 외에는 아무것도 없던 벽우의 회색 동공에 당황이 들어찬다.

무당파에서 먹어 치운 재생 괴물의 내단은 무창에서 이곳까지 달려오는 동안에도 빠르게 흡수되고 있었다. 그만큼 벽우는 무당파에서 루하를 상대할 때보다 분명 더 강해져 있었다. 그런데도 자성의 해방된 힘 앞에서는 속수무책이었다.

그로 인해 벽우의 동공은 공포로 물들고 있었다.

자성이 주먹을 날릴 때마다 죽을지도 모른다는 공포가 엄습한다. 이대로 죽고 싶지 않다는, 살고 싶다는 더할 수 없이 절박한 욕구가 갈수록 강렬해진다. 그런데도 루하를 상대할 때와는 달리 차마 발을 빼지 못하는 것은 자성의 몸속에서 느껴지는 무언가 때문이었다.

저것만 있으면 무당파에서부터 시작된 이 지독한 허기가 채워질 것 같았다.

저것만 있다면…… 저것만 취할 수 있다면…… 그리하면 이 목마름을, 그 타는 갈증을 씻겨 낼 수 있을 것 같았다.

그 맹렬할 갈망이 죽음의 공포와 살고 싶다는 욕구마저도 짓누르고 있었다. 하지만 그 미련의 끝에 자성의 주먹이 기어코 그의 옆구리를 강타했다.

"크헝!"

비명을 토하며 맥없이 날아가 가뜩이나 엉망이 된 표국의 어느 전각에 처박힌다.

그야말로 혼백마저 날아가 버린 듯한 충격과 고통이었다. 그런데 그런 고통의 와중에 불현듯 그의 시야에 반짝이는 무언가가 들어왔다.

발밑에 우르르 쏟아져 내린 푸른빛의 작은 돌멩이들.

기억도 이지도 상실한 벽우가 그것이 뭔지 알 리가 없다. 그저 이 순간 본능이 시키는 한 가지는 먹고 싶다는 것이었다.

먹고 싶다. 먹어야 한다. 채워지지 않는 허기가, 타는 목마름이 그를 부추기고 있었다.

그리해 먹었다.

와각와각—

되는 대로 손을 뻗어 손에 잡히는 대로 입에 쑤셔 넣었다.

"아, 안 돼!"

설란은 눈앞에서 벌어지는 기괴한 광경에 놀라 다급히 외쳤다.

자성과 벽우가 충돌하고 그 여파로 표국의 건물 절반이 날아갔을 때, 다행히 교극천의 도움으로 몸을 피한 그녀다. 그 난데없는 난리통에 놀랄 겨를도 없이 그녀가 떠올린 것은 제약실의 물건들이었다. 초기 단계 강시의 붉은 내단에서부터 진화 강시의 내단, 거기다 북해에서 가져온 혁련휘의 청광편까지……. 혹여라도 유출이 되면 무림이 발칵 뒤집힐 만한 물건들이 잔뜩 있었다.

물론 그만큼 보안은 철저했다. 제약실 안은 물론이고 외원에서부터 내원에 이르는 관문 자체가 허가받지 않은 자들은 근처에도 발을 들일 수 없게끔 되어 있었다. 하지만 아무리 보안이 철통같다 한들 건물 자체가 날아가 버리는 데에야 무슨 소용이 있겠는가.

그 단단했던 외원의 관문들이 외원 건물들과 함께 통째로 날아가고 내원이 적나라하게 노출되어 버렸다. 그로 인해 제약실이 훤히 노출되어 버린 상황, 그리해 부랴부랴 달려왔던 것인데 그 순간 하필이면 벽우가 자성에게 맞아 내다 꽂힌 곳이 제약실이었다.

와각와각—

먹어 댄다. 북해에서 다시 가져온 청광편을.

청광편만이 아니다. 그간 모은 초기 단계 강시의 붉은 내단과 진화 강시의 내단까지, 벽우는 걸신이라도 들린 것처럼 손에 잡히는 대로 가리지 않고 먹어 대고 있었다.

기괴하지만 또한 가장 우려했던 사태가 눈앞에서 벌어지자 잠시 멍해 있던 설란이 사색이 되어 외쳤다.

"안 돼요! 막아야 해요! 저 괴물에게 내단을 먹게 해선 안 돼요!"

하지만 늦었다.

그야말로 흡입이었다. 마구잡이로 먹어 삼키는 그 속도는 실로 엄청나서, 일격을 가한 후 잠시 숨을 고르던 자성이 설란의 외침을 듣고 달려왔을 때는 거의 절반 이상을 먹어 치운 상태였다.

자성이 아차 하며 주먹을 내질렀다.

쾅!

그때까지도 식탐에 빠져 아무 방비가 되어 있지 않던 벽우였기에 자성의 주먹이 아까보다도 더 정통으로 벽우의 등을 강타했다.

"크헝!"

벽우가 비명을 토하며 날아간다. 그런데 주먹에 닿는 타격감이 이상했다.

마치 물렁한 솜을 때린 듯 주먹 끝에 닿는 타격감이 전혀 없었다. 그건 그 주먹을 맞은 벽우도 마찬가지였다.

순간적인 고통에 비명을 토하기는 했지만 찰나의 고통 뒤에는 말로 형언할 수 없는 쾌감이 복부에서부터 전신으로 번져 간다. 그건 곧이어 자성의 두 번째 주먹이 복부를 강타했을 때도 마찬가지였다. 아니, 복부를 맞자 그 쾌감은 오히려 처음의 것보다도 몇 배 더 강렬하게 전신을 훑었다.

그리고 채워지는 어떤 충만함.

이성이 상실된 상태임에도 불구하고 벽우는 깨달았다.

자성의 주먹을 맞을 때마다 방금 전 먹어 치운 것들이 급속도로 소화되어 흡수되고 있다는 것을. 맞을수록 쾌감은 커지고 또한 강해진다. 그러니 이 순간 벽우는 자성이 더 강하게, 더 많이 자신을 때려 주길 원했다. 아니, 그걸로도 부족해서 자신의 주먹으로 스스로의 복부를 가격하기 시작했다.

"크헝!"

그 주먹에는 한 줌의 망설임도 없었다. 마치 자신의 몸을 부숴 버리기라도 할 듯이 쾅쾅 두들겨 댄다. 갈수록 기괴해지고 거칠어지는 벽우의 행동에 자성마저도 주춤 공격하던 것을 멈추고 훌쩍 뒤로 물러난다. 그러나 그건 벽우의 기괴한 행동에 기가 질린 것도, 경계를 위함도 아니었다.

자성은 지금 벽우가 왜 저런 행동을 하는지 알고 있었다. 그가 먹어 치운 것들이 얼마나 거대한 힘을 지니고 있는지도, 지금 벽우의 저 기괴한 행동이 그 거대한 힘을 흡수하기 위함이라는 것도.

주먹으로는 전혀 타격을 주지 못한다. 오히려 벽우의 힘만 더 강하게 만들 뿐이다. 그렇다면 다른 방법을 강구해야 했다.

자성이 손을 뻗었다. 그러자,

"어?"

위급한 중에 급하게 설란의 앞을 막아서고 있는 표국의 표사들 중 하나의 손에서 표사의 의지와는 상관없이 검이 빠져나와서는 이내 자성에 손에 착 달라붙는다.

경악과 어리둥절함 속에서 표사가 자성을 보지만, 자성은 표사에겐 눈길 한 번 주지 않은 채로 벽우만을 보고 있다.

살심과 결의로 이글거리는 눈.

여기서 더 강해지면 그로서도 감당할 수 없게 된다. 주먹으로 되지 않는다면 검이다. 고맙게도 이곳 표사의 검은 저 단단한 벽우의 몸을 벨 수 있을 만큼 충분히 강하고 날카롭다.

그리해 자성은 그때까지도 미친 광인마냥 자신의 복부를 두들기고 있는 벽우를 향해 단숨에 거리를 격하고는 위에서 아래로, 아예 정수리부터 반으로 갈라 버릴 듯한 기세로 내려쳤다.

콰콰콰콰!

검 끝에 닿는 대기가 폭발한다.

그야말로 하늘을 베고 바다를 가르고 땅을 부숴 버릴 듯한 태산압정(泰山押釘)이었다.

그런데 벽우의 정수리를 가격한 순간 들려온 것은,

까앙—

베어 내는 소리가 아니라 전혀 생각지 못한 날카로운 쇳소리였다. 이어서 밀려드는 반발력에 검이 튕겨져 오르고, 그 순간 마치 용암과도 같은 뜨거움이 가슴을 '푸욱' 찌른다.

"……!"

아찔해 오는 정신의 틈으로 자신의 가슴을 손목까지 파고든 벽우의 손이 보였다. 그 어느 때보다도 짙은 탐욕으로 물든 눈도 보였다.

시간이 정지해 버리기라도 한 듯 정적마저 멈춰진 그 억겁의 순간이 지나고,

스르륵-

자성의 가슴에서 벽우의 손이 빠져나왔다. 그리고 핏물이 뚝뚝 떨어지는 그 손에는 자성의 심장을 대신하던 내단 하나가 들려 있었다.

"크학!"

그제야 멈췄던 자성의 시간이 다시 흐르고 한 사발의 피를 토하며 쓰러지듯 털푸덕 주저앉는 자성이다. 그런 그의 눈에 자신의 내단을 입으로 가져가는 벽우가 보였지만, 그는 아무것도 할 수 없었다. 심지어 그렇게 내단 하나를 먹어 삼킨 벽우가 다시 손을 뻗어 남은 하나의 내단마저 취하려 하는데도 축 늘어진 그의 손발은 미동조차 하지 않았다.

그런데, 그렇게 막 자성의 남은 내단마저 벽우의 먹잇감이 되려는 찰나였다.

"야이 괴물 새끼야!"

뒤쪽에서 갑작스럽게 분노에 찬 일갈이 터져 나온다 싶은 순간, 강력한 일격이 벽우의 등을 강타했다.

"커헝!"

한데, 이번만큼은 달랐다. 고통의 뒤에 당연히 따라와야 할 쾌감이 없다. 먹어 치운 내단이 흡수도 되지 않는다. 그

러기는커녕 감전이라도 된 것처럼 사지가 마비되는 충격에 맥없이 바닥에 나뒹굴고 만다.

겨우 신형을 바로잡은 벽우가 급히 놀란 눈을 돌렸다. 그런 벽우의 시야에 낯익은 얼굴 하나가 들어왔다.

"설마 했더니 이 망할 놈의 괴물 새끼가 무당파로도 모자라서 감히 내 집 안방까지 와서 이 짓거리를 해? 넌 오늘 진짜 뒈졌어!"

그렇게 어이없어 하면 분노를 터트리고 있는 것은 다름 아닌 루하였다.

*　　*　　*

루하가 무당파에서 곧바로 쟁천표국으로 달려온 것은 연화 덕분이었다.

'돌아갈 거면 서두르는 게 좋을 거야.'

무당파를 다시 노리진 않을 테니 이대로 표국으로 돌아가겠다는 말에 연화가 그렇게 대꾸했다.

'왜?'

'그자가 지금 가장 원하는 것이 표국에 있으니까.'

'내단?'

'그래. 그리고 그자의 지금 상태라면 필경 그 내단들의 존재를 느꼈을 테고.'

강시에 관해서라면 세상 누구보다 잘 알고 있을 연화다. 그녀가 그렇게 생각한다면 분명 그럴 것이다. 그리해 부랴부랴 달려온 것인데, 아니나 다를까 벽우가 쟁천표국을 엉망으로 만든 것으로도 모자라 자성의 내단마저 파먹고 있는 것이었다.

만일 연화가 아니었다면, 무당파에서 조금만 더 지체를 했더라면 쟁천표국의 식솔들은 물론이고 설란까지 목숨이 위험할 뻔했다.

'아니, 애초에 자성이 없었다면 어쩔 뻔했어?'

자성에게 약속을 받아 두지 않았더라면?

생각만 해도 아찔했다. 자성에 대한 고마움이 큰 만큼 또한 맥없이 꺾여 주저앉아 있는 자성의 모습에 화가 났다.

"넌 오늘 진짜 뒈진 거야!"

터트리는 분노만큼 내지르는 주먹은 거칠었다.

쾅!

루하의 파운삼십육권이 그대로 벽우의 가슴에 박혔다.

"크헝!"

유달리 구슬프게도 느껴지는 비명을 토하며 벽우가 날아간다.

자성이 공격했을 때와는 달랐다. 그때는 일부러 막지 않은 것이지만, 루하의 파운삼십육권은 막으려 해도 막지 못한 것이었다. 그도 그럴 것이 자성의 주먹은 극렬한 쾌감과 더불어 먹어 치운 내단들의 흡수가 급속도로 빨라지는 효과까지 있었지만, 방금 전 루하의 갑작스러운 일격은 그냥 지독하게 아팠기 때문이다. 그건 그의 가슴에 박힌 두 번째 공격도 마찬가지여서 맞는 순간 속에서 뭔가가 와르르 부서져 버리는 듯한 느낌이었다. 게다가 어떻게 된 것인지 내단도 전혀 흡수가 되지 않는다.

그야말로 오로지 고통뿐인 주먹.

그러니 무당파에서와 마찬가지로 성난 파도처럼 몰아쳐 대는 루하의 주먹은 여전히 무섭고 싫은 벽우다.

하지만 루하라고 그에게 그 주먹을 날리는 것이 마냥 좋은 것만은 아니었다. 솜을 때린 듯 전혀 타격감이 없었던 자성과는 달리, 공격이 제대로 먹히는 만큼 반발력이 엄청나서 일권 일권을 내지를 때마다 퉁겨져 나오는 반탄지기에 오히려 공격을 하는 중에도 기혈이 진탕될 지경이었다.

"대체 내단을 얼마나 처먹은 거야?"

멀리서 들려온 '저 괴물에게 내단을 먹게 해선 안 돼요!' 라는 설란의 외침에 대강의 전후 상황을 짐작할 뿐이었다. 그러니 벽우가 내단과 청광편을 얼마나 먹어 치웠는지는 정확히 알지 못한 채로 파운삼십육권을 날렸던 것인데, 막상 주먹을 날려 보니 이건 짐작했던 것 그 이상이다.

루하가 새삼스러운 눈으로 제약실을 훑었다.

그 속에 바닥에 뿌려진 청광편과 텅 빈 옥함들이 그제야 눈에 들어온다.

순간 루하의 얼굴이 팍 구겨졌다.

"내가 저걸 모으느라 얼마나 뼈가 빠졌는데……."

처음 강시를 잡은 순간부터 북해로의 그 고단했던 여정까지, 그간의 고생들이 주마등처럼 흘러간다. 그리고 그 끝에는 지금까지와는 또 다른 분노가 그를 집어삼켰다.

"이 돼지 같은 새끼야! 내가 오늘 너 곱게는 안 죽인다아아아!"

완전 뚜껑 열렸다.

반탄지기고 뭐고, 눈알까지 희번덕거리며 달려들었다.

그리해 시작된 드잡이질에 이를 보고 있는 모두가 충격에 휩싸였다. 특히 연화와 자성은 충격을 넘어 경악스러워하고 있었다.

루하와 벽우의 힘을 누구보다도 잘 알고 있는 그들이다.

자성의 공격과는 달리 어떤 이유인지 루하의 공격이 고스란히 먹혀들어 간다는 것을 감안하고라도 결코 이렇게까지 일방적일 수 있는 차이가 아니었다. 더구나 그 사이 벽우는 내단을 흡수하며 부쩍 강해지기까지 했다.

그런데도 일방적이다.

마치 천적을 만나기라도 한 것처럼 아예 기를 못 펴고는 정신없이 두들겨 맞고 있다.

둘의 싸움은 연화와 자성에겐 그야말로 상식 파괴라 해도 과언이 아닌 수준이었다.

물론 그들의 충격이 아무리 크다 한들 상식 파괴 수준으로 당하고 있는 벽우에 비할 바는 아니었다.

부서지고 있었다.

몸도 마음도.

루하의 주먹을 맞을 때마다 한 점, 한 점 날아간다.

이대로 조금만 더 지나면 정말이지 아무것도 남아 있지 않을 것 같았다. 거기에 혼백마저 비틀어 짜는 듯한 고통은 덤이다.

지금 이 순간 그를 지배하는 것은 탐욕도 살의도 아닌 더할 수 없이, 그리고 순수하리만치 오롯한 공포였다.

벗어나야 했다. 그저 이곳을, 이 고통을, 이 공포를 벗어나야 한다는 일념뿐이었다.

그리해 도망쳤다.

무당파에서 그랬던 것처럼.

하지만 그때와는 달랐다.

이미 한 번 놓친 경험이 있기에 루하도 이번만큼은 간단히 벽우를 놓아 주지 않았다.

도망칠 것까지 다 계산하고는 길목길목을 막고 벽우의 발목을 잡아챘다.

"크아앙!"

위협스럽게 포효를 터트려 봐야 소용없다.

"넌 오늘 뒈졌다니까!"

분노도 분노지만 무당파에서보다 더 강해지고 앞으로도 더 강해질 것이 분명한 이 괴물을 여기서 끝장내지 않으면 안 된다는 절박함이 있었다.

그리해 인정사정없이 몰아친다.

벽우는 도망치는 것을 포기했다. 대신 더 강해지는 것을 택했다. 그리해 루하의 공격에 속수무책으로 당하는 중에도 손을 뻗었다. 그 손이 향하는 곳은 제약실이었다.

루하의 몰아침에 밀리고 밀려서 이미 오십 장이 넘는 거리였다. 그런데도 제약실이 들썩이는가 싶더니, 돌연 바닥에 흩어져 있던 내단이며 청광편이 허공으로 떠오르기 무섭게 벽우가 뻗은 손으로 맹렬하게 날아들기 시작한다.

"루하! 막아! 남아 있는 것까지 다 먹으려는 거야!"

두드려 패는 데만 집중하고 있던 루하였다. 어떻게든 도망을 못 치도록 길목을 막는 데에 신경 쓰느라 벽우의 뻗은 손을 미처 살피지 못하고 있다가 설란의 다급한 외침이 있고서야 고개를 돌린다. 하지만 이미 그때는 내단과 청광편이 그를 지나 벽우의 손에까지 이른 상태였다.

내뻗은 손과 거기에 덕지덕지 달라붙어 마치 커다란 공처럼 변한 내단과 청광편.

그 기괴한 광경에 놀라는 와중에도 순간적으로 루하의 뇌리를 스쳐 간 것은 '저걸 어떻게 다 먹어?' 였다.

그러나 그런 생각을 떠올리는 그때, 루하의 눈에 생각지도 못한 광경이 펼쳐졌다.

그 커다란 공이 구겨지고 있었다. 아니, 흡수되고 있었다. 각각의 개체에 흡수되며 마치 종이뭉치 찌그러지듯 점점 더 작아지다가 이내 그것은 한 손에 쥐어질 정도로 작아져 버렸다.

'저게 가능해?'

다른 개체에서 나온 것들이 저렇게도 합쳐질 수 있다는 것은 상상도 못 했다. 설란조차 그 광경에 놀라고 있을 때,

꿀꺽!

삼켜 버렸다.

그 모든 과정은 그야말로 눈 깜짝 할 사이에 벌어진 일이라 어찌 막고 자시고 할 틈도 없었다.

판단도 늦었고 결정도 늦었다. 모든 가산을 탈탈 털려 버린 것에 대한 분노가 뒤늦게 밀려와,

"이 돼지 새끼가 진짜!"

버럭 외치며 벽우에게 파운삼십육권을 날리지만 그마저도 뒤늦었다.

"크아아아아아아아앙!"

사자후와 같은 포효성이 파운삼십육권의 권풍을 날려 버린 것이다. 그뿐만이 아니다. 그 순간 벽우의 몸에서 폭발하듯 터져 나오는 기의 폭풍은 주위 모든 것을 쓸어버렸다. 심지어 그 풍압에 못 이겨 루하마저 십여 걸음이나 주르륵 튕겨져 나갈 지경이었다.

'뭐, 뭐야?'

정말이지 등허리가 서늘할 정도의 힘이다. 남아 있는 쟁천표국의 건물이 흔적조차 남지 않았고 안전을 위해 멀리 떨어져 있던 무림 고수들 중 온전한 자를 찾기 힘들 정도다. 심지어 설란의 앞을 막은 교극천까지 맥없이 튕겨 날아갔다. 그 앞을 재빨리 연화가 지키지 않았더라면 설란도 필경 살아남지 못했을 것이었다.

오죽하면 그토록 기세등등하던 루하가 순간적이나마 감

히 다시 공격할 엄두도 내지 못한 채 멍하니 벽우를 보고만 있겠는가.

루하는 경악하고 있었다.

방금 삼켰다. 앞서 먹어 치운 것도 있다지만 그 짧은 순간에 다 소화가 되었을 리 없다. 그런데도 그저 먹은 것만으로도 이런 힘을 낼 수 있다니? 등허리가 서늘하다 못해 딛고 선 다리마저 후들거릴 지경이었다.

그때였다. 그렇게 한 차례 기를 폭출시킨 벽우가 움직였다.

하지만 공격을 하려는 것이 아니었다. 그 순간 벽우가 택한 것은 도주였다. 짧은 순간에 박혀 버린 루하에 대한 지독한 공포가 그 순간에도 작용을 하고 있었던 것이다.

그렇게 벽우가 도망을 치자 그제야 정신을 수습한 루하가 급히 그를 쫓으려 했다. 하지만,

"어?"

채 두 걸음도 내딛기 전에 오른쪽 무릎이 푹 꺾여 버린다.

그제야 자신의 다리를 확인하고는 눈살을 찌푸렸다.

부들부들 떨고 있다.

겁을 먹은 건 아니다. 그저 방금 전 벽우가 터트린 기의 폭풍을 가장 가까이에서 맞은 탓에 일시지간 기혈이 흔들

린 것이었다.

그러나 그 잠깐의 주춤함으로 인해 또 다시 벽우를 놓쳤다.

"또 놓쳤네, 젠장!"

분한 듯 입술을 깨무는 루하다. 하지만 지금 이 순간 솔직한 심정은 안도였다. 모양 빠지지만 먼저 도망쳐 준 게 다행이다 싶은 마음을 부정할 수 없다. 물론 안도의 뒤는 걱정이다.

지금도 저렇게나 강한 괴물인데, 도주하고 있는 이 순간에도 강해지고 있을 터인데, 과연 다음에 만날 때는 저 괴물이 얼마나 더 강해져 있을 것이란 말인가?

'진짜 저걸 어떻게 잡지?'

심지어 그렇게 쟁천표국을 쑥대밭으로 만들어 버린 채 정신없이 내달리고 있는 벽우의 뇌리에 들어찬 일념은 더 강해져야 한다는 것이었다.

더 강해져야 한다.

이 공포를 이기기 위해.

그리해 살아남기 위해.

지금보다 더, 더, 더!

그리해 벽우가 향하는 곳은 섬서의 여산(驪山)이었다. 그곳에 막 진화의 단계에 들어선 강시 하나가 있었다. 하지만 그가 그렇게 여산에 당도했을 때였다. 강시가 있는 회창봉(會昌峰) 초입에 이르렀을 때, 한 무리의 사내들이 그 앞을 막아섰다.

그런데 어쩐 일인지 벽우의 흉성이 폭발하지 않는다. 오히려 주춤 멈춰 서는 벽우의 회색 동공에는 살육밖에 모르던 그 흉포한 성정과는 달리 묘한 동요가 있다.

그도 그럴 것이 벽우의 앞을 막아선 사내들은 태사로 이찬을 비롯한 혼천마교도였던 것이다.

주춤 멈춰 선 벽우를 향해 태사로 이찬이 앞으로 나서며 말했다.

"이곳으로 오실 것 같아 서둘러 왔는데 다행히 늦지 않았군요. 천주, 그만 돌아가시지요."

이찬의 말에 벽우가 다시 한 번 움찔한다.

당연히 벽우는 그가 누군지 모른다. 자신이 누군지조차 알지 못하는데 이찬이라고, 혼천마교라고 기억에 남아 있을 리가 없다. 그런데도 이찬이 내뱉은 한 마디, 한 마디가 어떤 울림이 되어 머릿속을 파고든다.

그리고 급속도로 밀려드는 것은 피로감인지 무력감인지, 안도인지, 그도 아니면 그냥 단순한 졸음인 건지 모를 나른한 감각이었다.

털썩—

그동안의 흉포함이 거짓말이었던 것처럼 순한 양이 되어 사지를 축 늘어뜨리며 주저앉는 벽우다. 그러자 이찬이 다가와 벽우의 몸을 살폈다.

그러다 미간을 찌푸리며 중얼거렸다.

"이미 제물은 충분히 채워졌는데……."

짐작대로 쟁천표국에서 많은 수확이 있었음이 틀림없다.

"한데 왜……."

"왜 그러십니까?"

이찬이 의아해하고 있자 수하 하나가 물었다.

"재생의 씨앗을 이 정도로 취했다면 재생의 단계로 넘어갔어야 하는데…… 멈췄다."

"……?"

"아무래도 잡다한 것을 너무 많이 취한 것이 문제가 된 모양이다."

"허면 이대로 영영 재생이 되지 않을 수도 있단 말씀입니까?"

이찬은 부정하지 않았다.

수하의 말대로였다. 조금 더 면밀히 살펴봐야겠지만 적어도 지금 상태만을 보자면 이 새로운 천주는 영영 괴물인 채로 있게 될지도 모르는 일이었다. 그렇잖아도 무리하게 진행한 대법에 생각지 못한 변수마저 생겨 버린 것이다.

그런데도 벽우를 내려다보는 이찬의 눈빛은 안타까움이나 실망이 아니었다. 지금 이 순간 이찬의 눈은 오히려 어떤 기대와 야심으로 반짝이고 있었다.

*　　*　　*

하늘 밖 하늘보다 높은 곳에 있는 신인(神人)들, 그 일족을 받들라.

그것은 선대로부터 이어진 사명이었다.

그 사명은 모든 교인들에게 교리보다도 크고 중한 것이었고, 수백 년 동안이나 흔들림 없이 이어져 온 것이었다.

이찬 역시 그랬다.

천인들을 위해 살고 천인들을 위해 살아야 함을 후대에 이어 그들 일족의 재생을 완성시키는 것. 그것만을 절대적 가치로 알고 살아왔다.

예정과는 다르게 천인들이 이백 년이나 일찍 깨어나고 후대에 맡겨야 할 그들의 재생을 직접 책임지게 되었을 때도 그 소임을 기꺼이 받아들였다.

하지만 천주가 고작 계집아이 하나 때문에 마땅히 지켜야 할 천주의 자리를 내팽개쳤을 때, 그의 안에서 무언가가 부서졌다.

숙명처럼 지고 살아야 할 사명도 간단히 버릴 수 있다는 것을 알았다.

지워진 책임도, 이어 온 절대적 가치도 그저 내려놓으면 그만인 것을 알았다.

그 혼란은 새로운 천주를 만드는 중에도 끊임없이 의문을 던지며 그를 유혹했다.

무리한 대법이었다.

그 어떤 변수가 작용하더라도 이상할 것이 없을 정도로 불완전하고 불확실한 술법이었다.

만일 몸이 견디지 못하고 이대로 죽어 버린다면? 이대로 영영 깨어나지 않는다면? 깨어나더라도 다시 그전처럼 돌아오지 못하고 그저 괴물인 채로 남아 버린다면?

그때도 나는 그를 천주로서 받들어야 할까?

그래 봤자 그저 괴물일 뿐인데? 그 괴물을 통제하고 길들일 수 있는 것은 나뿐인데?

진정 누가 주인이고 누가 종이란 말인가?

지우고 덮었다.

불쑥불쑥 밀려오는 회의와 의문을 누르고 눌렀다. 그런데 지금, 우려했던 변수를 마주하고 보니 애써 막아 둔 배덕한 마음이 봇물 터지듯 터져 나온다.

그래. 이 괴물의 주인이 되지 못할 이유가 뭐가 있단 말인가?

아니, 처음부터 이 괴물의 주인은 자신이었다. 이 괴물만 손에 쥐고 있으면 얼마든지 혼천마교의 세상을 만들 수 있다. 혼천마교의 교리로 세상을 덮을 수 있다.

그들 일족을 알기 전 혼천마교가 꿈꾸었던 그 세상.

'그래! 안 될 게 뭐란 말인가!'

*　　*　　*

"어때?"

설란이 방문을 열고 나오자 루하가 물었다.

"목숨에는 지장 없어. 많이 괜찮아졌어."

괜찮다지만 방금 나온 방 안으로 던지는 눈빛은 무겁다.

그 안에 자성이 있다. 벽우와의 싸움 도중 내단 하나를 잃은 후 벌써 사흘째 정신을 잃고 아직 깨어나지 못하고 있었다.

"설마 내단 하나를 잃었다고 다시 괴물로 돌아간다거나 그러는 거 아냐?"

"그렇진 않을 거야. 다만…… 이전처럼 강하진 못할 테지."

그거야 당연했다. 힘의 원천을 반이나 잃었으니까.

"좀 아쉽긴 하네. 완전히 내 사람은 아니었지만 그래도 상당히 쓸 만한 전력이었는데 말이야."

"그래도 저만하길 다행이지. 만일 우형님한테 내단이 두 개가 아니라 하나였다면 저 아이가 너무 가여웠을 테니까."

설란의 눈은 여전히 자성이 있는 방 안을 향하고 있다. 거기에는 자성만 있는 것이 아니었다. 마치 병든 주인 옆을 지키는 강아지처럼 상아가 하염없이 그 옆을 지키고 있었다.

"그래서 깨어나려면 얼마나 걸릴 것 같아?"

"아마 며칠 내로는 깨어날 거야."

"완전히 회복하는 데는?"

"글쎄…… 당분간은 무리겠지. 내단 하나를 뺏겼다는 건 지닌 힘뿐만 아니라 생명력마저도 절반을 잃었다는 거니까. 정상인으로 치면 우형님은 지금 원기를 크게 상한 거나 같아."

"근데…… 왜 자꾸 우형님, 우형님 그러는 거야? 네가 언제부터 그렇게 불렀다고?"

"어? 나만 그렇게 부르는 거 아닌데? 이제 다들 우형님한테 우형님이라 불러. 심지어 구대문파 제자들까지도 그렇게 부르는데, 뭐. 그날 그 싸움을 보고 나서부터 우형님한테 관심이 부쩍 몰렸어."

그럴 만도 했다. 이름은커녕 얼굴조차 처음 보는 사람들이 대부분일 정도로 무명의 자성이 난데없이 모두가 보는 앞에서 그런 엄청난 신위를 보여 줬으니 그 충격이야 오죽할까.

"이제 연화랑 우형님을 가리켜 쟁천이신장(爭天二神將)이라고까지 부르더라고."

"쟁천이신장?"

"응. 쟁천표국을 지키는 두 명의 수호신장이라는 거지. 다들 궁금해해. 대체 삼절표랑은 어디서 그런 경세고수들을 얻은 거냐고."

"내 위상이 또 한층 높아졌다는 건가?"

"지금 이 상황에서 그런 거나 생각하고 싶니? 더구나 우형님이 저런 상탠데?"

"지금 이 상황이니까 더욱 무림의 민심을 정확히 파악해 둘 필요가 있는 거지. 지금은 힘을 모아야 할 때니까."

루하의 말속에서 묘한 여운을 느낀 설란이 흠칫하며 묻는다.

"지금 무슨 생각 하는 거야? 설마…… 전쟁이라도 하려는 거야?"

"해야지. 마냥 이대로 당하고만 있을 수는 없잖아. 어차피 누가 먼저냐의 차이만 있을 뿐이지 결국엔 전쟁밖에 없어. 중원 무림이든 혼천마교든 둘 중 하나는 개박살이 나야 끝나는 전쟁. 어차피 치러야 할 전쟁이면 이쪽에서 먼저 치는 게 낫잖아."

"하지만 그 새로운 천주란 자는……."

"그래, 강해. 정말이지 끔찍하도록 강해. 그러니까 더더욱 지금밖에 없어. 그놈이 먹어 치운 걸 다 소화하기 전에. 혼천마교에서 대법인지 뭔지로 그 괴물을 더 강하게 만들기 전에."

조급했다.

조급할 수밖에 없었다.

그가 겪어 본 강시란 존재는 진화와 재생의 단계를 거칠 때마다 두 배, 세 배씩 강해졌다. 그러니 벽우가 두 번째 재생마저 완성하게 되면 아예 손 한 번 써 보지 못할 수도 있었다.

"그래도 지금은 다행히 내 주먹이 먹히긴 하니까……."

어째서인지는 모른다.

들어 보니 벽우가 내단과 청광편을 그렇게 먹어 치운 후로는 자성의 공격이 전혀 먹히지 않았다고 하는데 힘의 차이가 거의 없다시피 한 그의 주먹에는 왜 그렇게도 무기력하게 당했는지, 단지 파운삼십육권의 효과라고 하기에는 납득되지 않는 면이 있었다.

'조화지기 때문인 것 같긴 한데…….'

아무리 고민해 봐도 이유라면 그것밖에 없다.

사실 느긋하게 시간을 가지고 거기에 대해서 알아보고 싶은 마음은 누구보다도 간절한 루하다. 하지만 역시 지금은 그렇게 여유를 부릴 수 있는 상황이 아닌 것이다.

설란이 그래도 이해가 안 된다는 듯 묻는다.

"그치만 방법이 없잖아? 전쟁을 벌이려면 먼저 혼천마교가 있는 곳부터 찾아내야 하는데 혼천마교도들이 또 어디로 숨어 버렸는지 알 수가 없으니……."

"아니. 알 수 있어."

"……?"

의아해하는 설란을 보며 루하가 히죽 입꼬리를 말아 올린다.

"설마하니 내가 놈들 잡으러 무당산까지 갔다가 빈손으로 왔을 것 같아?"

"그럼?"

되묻던 설란이 뭔가 짐작되는 게 있다는 듯 황급히 묻는다.

"설마 천리추종향이라도 뿌려둔 거야?"

"아니. 놈들한텐 천리추종향이 소용없는 건 너도 잘 알잖아?"

지금까지 혼천마교가 그 많은 살육을 벌이면서도 꼬리를 밟히지 않은 이유가 그것이었다. 그 어떤 추적 수단도 전혀 먹히지 않았다. 심지어 죽은 자의 영혼까지도 쫓을 수 있다는 무색무취의 천리추종향조차 그들에겐 전혀 소용이 없었다.

"그럼 그들이 어디로 숨었는지 어떻게 안다는 거야?"

"천리추종향보다 더 확실한 게 있으니까."

"그게 뭔데?"

"오공금형(蜈蚣擒礬)."

순간 설란이 눈살을 찌푸렸다.

오공금형이라면 그녀도 익히 아는 물건이었다. 그녀뿐만이 아니라 의원은 물론이고 약초꾼들도 익히 아는 물건이었다.

"오공금형이라면 지네 미끼 말하는 거야?"

지네의 정액으로 만든, 지네를 유인하는 데 쓰는 미끼였다.

"맞아. 천리추종향보다도 더 무색무취한 물건이지. 뿌린 사람조차 찾을 수가 없을 정도니까. 그런데도 한번 묻으면 짧게는 여섯 달, 길게는 이 년까지 공기에 희석되어 사라지기 전까지는 어떤 방법으로도 지울 수가 없고. 그러니 분명 오공금형만큼은 놈들도 알아차리지 못할 거야. 알아차린다고 해도 지우지 못할 테고. 그야말로 놈들을 쫓기에 이보다 더 좋을 수가 없을 만큼 확실한 방법이지."

"그치만 그걸 뿌렸다고 한들 뿌린 사람조차 찾을 수가 없는 물건인데……?"

"사람의 눈과 코로는 분간할 수 없지만 그것을 분간할 수 있는 놈이 있지."

"……?"

"닭수리."

"뭐?"

"신기하게도 닭수리들은 천 리 밖에서도 그걸 맡을 수가 있더라고."

"정말?"

금시초문이다.

설란이 놀라워하자 루하가 우쭐해져서는 자랑하듯 떠들었다.

"딴에는 그래도 닭이라고 아직 지네에는 환장하는 놈들이잖아. 그래서 혹시나 하고 시험해 봤지. 근데! 아주 제대로 찾아내더라고!"

몇 번이나 시험해 봤다. 단지 오공금형을 찾아내는 것뿐만이 아니었다. 같은 오공금형이라도 만든 사람의 것에 따라, 혹은 제조방법에 따라 확실하게 구분해서 다른 오공금형이랑 혼동할 염려도 없었다. 그래서 무당파로 갈 때 가져간 것인데, 원래는 혼천마교도들을 완전히 소탕하지 못할 경우를 대비해 그가 직접 혼천마교도들에게 뿌리려고 준비했던 물건이었다. 하지만 도중에 벽우를 상대하느라 그걸 뿌릴 기회를 놓쳐 버렸는데 다행히 여분으로 준비했던 오공금형을 연화가 대신 혼천마교도들에게 뿌려둔 것이었다.

"이미 닭수리들을 보냈으니까 이제 기다리기만 하면 돼. 닭수리들이 알아서 놈들의 근거지를 찾아 줄 테니까. 그리고 놈들의 근거지를 찾게 되면……."

루하가 말하다 말고 움찔한다.

설란의 눈빛 때문이었다.

엄청 신기해하는 눈빛으로 그를 보고 있다.

"왜? 왜 그런 눈으로 봐?"

"조화지기가 역시 머리에도 영향을 미치긴 하나 봐."

"뭐?"

"난 오공금형을 추종향처럼 쓸 수 있다고는 생각도 못했는데……."

"그게 무슨 조화지기 때문이야? 당연한 거지. 사람이 아무리 머리가 좋아도 백 명의 사람이 머리를 합친 것보다 좋을 수는 없는 거고, 네 머리에서 내가 생각하지도 못한 게 백 개는 넘게 나오는데 그럼 나도 하나 정도는 네 머리에서 나오지 않는 걸 생각해 내야 사람이랄 수 있는 거 아니겠어? 아니면 지금까지 날 말도 안 되는 똥멍청이로 생각했던 거야?"

루하가 은근히 기분 나쁘다는 듯 툴툴거리자 설란이 피식 웃으며 달래듯 말했다.

"뭘 그렇게 또 발끈하고 그러니? 그냥 기특해서 그러는 건데. 아무튼 그래서 놈들의 근거지를 찾게 되면 어쩔 건데?"

"무림인들을 모아야지. 마음 같아서는 당장이라도 쳐들어가서 다 밟아버리고 싶지만 그 괴물이 버티고 있는 이상은 나랑 연화만으로 혼천마교를 모두 상대하는 건 버거우니까. 놈들 전력도 정확히는 모르는 상태고."

게다가 자성도 언제 회복될지 모르는 상태.

지금은 작은 힘이라도 빌려야 할 때였다. 그리고 그간 혼천마교에 쌓일 대로 쌓인 원한들은 그 작은 힘들을 큰 힘으로 만들어 줄 것이었다.

"그렇게 무림인들이 다 모이고 나면……."

루하의 눈빛이 독해졌다.

"이참에 아예 씨를 말려 버릴 거야!"

벽우에 대해 꺼리던 것이 거짓말이었던 것처럼 그 순간 루하의 눈빛은 한 점의 주저함도 없이 살기로 번득이고 있었다.

第六章

환혼단(還魂丹)

"음……."

루하가 고민에 빠졌다.

표국 건물이 폐허가 되고 임시 거처로 잡은 객잔 운월(雲月)의 방 안이다.

지금 루하는 원형의 서탁 위에 올려진 작은 옥함에서 눈을 떼지 못하고 있었다. 그 안에 들어 있는 수정처럼 투명하게 반짝이는 작은 물건. 지난번 연화가 화산의 축하단을 공격했던 무연을 죽이고 얻은 내단이다.

루하가 재생 괴물의 내단을 앞에 두고 고민을 거듭하고 있는 것은 그걸 취할지 말지였다.

'이걸 그냥 확 먹어 버려?'

내단을 먹는 것이야 이젠 꽤나 익숙하다. 벌써 두 번의 경험이 있으니까. 하지만 초기 단계 강시의 붉은 내단은 그의 의지와는 상관없이 조화지기가 내단에 반응해 흡수한 것이었고, 진화 강시의 내단 역시 먼저 흡수한 붉은 내단이 어떤 작용을 해 어찌할 수 없는 탐욕에 지배당해 먹은 것이었다. 다시 말해 두 번 모두 루하 스스로 결정한 것이 아니었던 것이다.

하지만 지금은 달랐다.

조화지기가 반응을 하는 것도 아니었고 어찌할 수 없는 탐욕이 그를 자극하고 있는 것도 아니었다. 그런데도 이토록 심각하게 고민을 하고 있는 이유는 절실하기 때문이었다.

계획대로 닭수리가 혼천마교의 근거지를 찾아낸다면, 그리해 혼천마교와 중원 무림 간에 건곤일척의 대혈전을 벌이게 된다면 벽우를 상대해야 하는 것은 당연히 그였다.

현재로써는 벽우와의 힘의 차이는 여실하다. 파운삼십육권이 생각보다 잘 먹혀들기는 했지만, 과연 대혈전의 날 한층 더 강해져 있을 벽우에게도 그의 파운삼십육권이 통할지는 미지수다.

힘을 키울 필요가 있다.

빠르게, 최대한으로.

그리해 생각해 낸 가장 확실한 방법이 바로 이 재생 괴물의 내단이었다. 워낙에 특별한 물건이라 따로 엄중히 보관을 해 두었던 덕분에 벽우가 내단이고 청광편이고 가리지 않고 죄다 먹어 치운 와중에도 이것만큼은 무사할 수 있었다.

어쩌면 이걸 먹고 더욱 강해져서 무림을 지키라는 하늘의 뜻일지도 모른다.

'정말이지 천만다행이긴 한데 말이지.'

하지만 역시 먹자니 꺼림칙하다.

부작용도 걱정이 된다.

'이거 먹으면 진짜 살인귀라도 되는 거 아냐?'

앞서 두 개의 내단을 먹은 이후 설란은 그에게 성격이 변했다고 했다. 설란의 지적이 아니더라도 때때로 과격해지고 잔인해지려는 스스로를 발견할 때가 있다.

설란은 내단의 영향일 거라고 했다.

조화지기와 내단이 하나로 섞이는 과정에서 오히려 조화지기가 내단의 기운에 눌려 있다는 것이었다.

'내단의 기운이 그만큼 강하기 때문이겠지만, 조화지기 스스로 그 기운의 일부를 금제한 것이 아닐까 싶

어.'

'스스로 기운을 금제하다니? 왜?'

'지난번 폭주 강시와의 싸움에서 붉은 내단의 기운을 일부 흡수한 것만으로도 넌 환골탈태를 했어. 근데 지금은 그 붉은 내단이 진화까지 했고, 거기다 다시 진화 강시의 내단을 하나 더 취하기까지 했는데도 환골탈태를 하지 않았어. 이미 네가 가진 내단의 기운만으로도 네 몸이 견딜 수 있는 한계를 넘었다고 봐야겠지.'

'그래서 내 몸이 견딜 수 없을까 봐 조화지기가 스스로 초과되는 힘을 금제하고 있는 거라고?'

'조화지기의 가장 근본적인 성질이 조화와 균형이니까. 그 조화와 균형을 위해 내단의 기운과 싸우기보다는 양보를 택한 것일 수 있어.'

'근데 왜 환골탈태가 안 된 거지? 그동안은 잘만 됐잖아?'

'이미 환골탈태를 세 번이나 했어. 그것만 해도 유례가 없는 일이야. 오히려 지금까지 별 탈 없이 환골탈태가 된 것만 해도 기적 같은 일이라고. 만일 제때에 환골탈태가 이뤄지지 않았다면 넌 이미 주화입마에 빠져 죽었을 거야.'

설란은 다시 환골탈태를 하거나 다른 변화가 생기기 전까지 내공을 증진시키는 행위는 되도록 삼가라고 했다.

그러니 이 내단까지 먹는다면 몸이 견디지 못하거나 아예 내단의 기운에 삼켜져 벽우처럼 괴물이 될 수도 있었다.

'물론 네 번째 환골탈태를 이루게 될 수도 있지만…….'

그야말로 죽기 아니면 살기의 도박인 셈이다.

'하긴, 그 괴물을 다시 만나도 죽기 아니면 살기가 되는 건 매한가지긴 한데 말이지.'

게다가 환골탈태를 이루게 되면 조화지기마저 금제가 풀릴 테니, 그리해 그가 얻게 될 힘이란 상상조차 할 수 없을 정도의 것이 될 터였다.

이렇듯 위험한 도박임에도 차마 미련을 버리지 못하고 있는 것은 바로 그러한 이유에서였다.

그렇게 루하가 내단을 앞에 두고 고민에 잠겨 있을 때였다.

문밖에서 기척이 느껴졌다.

"자?"

기척에 이어 들려온 짤막한 물음.

굳이 그 목소리가 아니었어도 누군지는 이미 알고 있었다.

"아니. 들어와."

끼익—

문이 열리고 루하의 방으로 들어선 것은 연화였다.

조금 뜻밖이긴 했다. 같이 살게 된 이후로 지금까지, 연화가 먼저 그를 찾아온 적은 단 한 번도 없었던 것이다.

루하가 의아해하며 물었다.

"무슨 일이야?"

"……."

어울리지 않게 망설임이 보인다.

루하를 똑바로 보지도 못하고 있다. 그런데, 그렇게 초점 없이 흔들리던 그녀의 시선이 어느 한 곳에 멈춰졌다.

그녀의 눈이 향한 곳.

루하의 서탁이었다. 아니, 정확히는 서탁 위의 내단이었다. 이어서 나오는 뜻밖의 말.

"저거…… 돌려줬음 하는데……."

"뭐? 저걸? 뭐하게?"

의아해하며 묻던 루하가 불현듯 스치는 생각에 흠칫했다.

"혹시 우형한테 주려고?"

자성이 정신을 차린 것은 오늘 아침나절이었다. 설란의 말대로 목숨에는 지장이 없었다. 하지만 두 개의 내단 중 하나를 잃었을 뿐인데도 힘은 구 할이 사라졌다. 그저 마주하고 서 있는 것만으로도 가슴을 서늘하게 하던, 그 막강한 존재감도 더는 보이지 않았다. 더욱 심각한 것은 기력이 회복될 기미는커녕 오히려 점점 더 나빠지고 있다는 것이다.

설란의 말로는 일시적인 현상은 아닐 거라고 했다.

'단순히 두 개의 내단 중 하나를 잃은 게 아니라 완전함에서 불완전함이 되어 버린 거니까. 그 차이 때문일 거야.'

그렇게 불완전한 존재가 되어 버린 자성의 초췌한 모습은 루하가 보기에도 안쓰러울 지경이었다. 하지만 친남매임에도 불구하고 자성과는 늘 거리를 두던 연화였다. 단 한 번도 말을 섞는 걸 본 적이 없다. 심지어 자성과는 눈길 한 번조차 마주치지 않던 연화였는데, 그런 연화가 그를 찾아와 자성을 위해 손까지 벌리고 있으니 루하로서는 이 상황이 어리둥절할 수밖에 없었다.

어리둥절함의 뒤에는 불쾌함이다.

물론 그 내단의 원래 주인은 연화가 맞다. 연화가 직접 그 손으로 재생 괴물에게서 내단을 뜯어냈으니까.

'아무리 그래도 그렇지, 치사하게 줬다 뺏는 건 좀 아니잖아?'

게다가 아직 그것을 먹을지 말지도 결정을 못 한 상황. 막상 수중에서 사라지고 나면 정작 필요할 때 아쉬워질 수가 있는 것이다.

그러니 그녀가 자신을 찾아오는 것이 얼마나 어려운 결심이었는지 충분히 짐작은 하면서도 선뜻 대답을 하기가 어렵다.

"근데, 이거로 대체가 되긴 하는 거야?"

"어쩌면."

"확실하진 않다는 거야?"

"우리 존재의 시작 자체가 불확실함에서 비롯된 것이니까."

루하가 눈살을 찌푸렸다.

이 내단으로 자성이 회복된다면 그만큼의 전력을 얻게 되는 것이니 그래도 가치는 있다. 하지만 만일 생각대로 되지 않는다면? 그야말로 생으로 이 귀한 물건을 날리게 되는 것이 아닌가?

'뭐, 내가 먹더라도 성공을 보장 못 하는 건 마찬가지긴 하지만…….'

역시 이대로 돌려주기엔 아깝다.

어차피 불확실한 기회라면 자신이 가지고 있는 편이 든든하다.

"일단 생각 좀 해 보고. 나도 나 나름의 계획이란 게 있어서 당장은 돌려주기가 그래. 생각 좀 해 보고 결정할게.

어차피 시각을 다투는 일은 아니잖아?"

다행히 연화는 더 조르지 않고 돌아갔다. 아쉬움도 서운함도 내비치지 않았다. 그래도 어쩔 수 없이 마음 한편이 불편한 루하다.

연화도 연화지만 자성에 대해 미안함이 컸다. 어찌 보면 자성이 다친 것은 그와의 약속을 지키려다 그리된 것이었다. 자성이 없었다면 부서진 것은 쟁천표국의 건물만이 아니었을 것이다. 그야말로 은인이라면 은인이랄 수도 있는 존재. 아무리 루하라도 매몰차게 등을 돌릴 수만은 없는 입장인 것이다.

하지만 연화가 다녀가고 나자 내단에 대한 욕심은 오히려 더 커진다.

눈앞에 놓인 이 내단이 자신의 것이 아니게 될 수도 있다는 생각이 드니 괜히 더 절실해진다.

그렇게 루하의 마음이 조금씩 기울어지고 있을 때였다.

푸다닥-

창문으로 닭수리가 날아 들어와 그의 어깨에 올라선다.

꼬꼬- 꼬꼬-

아양을 떨며 루하의 뺨에 부리를 비빈다.

순간, 루하의 눈에 반가움이 인다. 그도 그럴 것이, 지금 그의 어깨에서 한껏 애교를 부리고 있는 녀석은 혼천마교의 근거지를 찾으라고 보냈던 그 닭수리였던 것이다.

루하가 급히 물었다.

"어떻게 됐어? 찾았어?"

아니나 다를까,

꼬꼬꼬— 꼬꼬꼬꼬—

한껏 목을 빼고는 크게 머리를 끄덕끄덕하는 닭수리다.

기대로 반짝이던 루하의 눈에 희열이 들어찼다.

그토록 찾을 수가 없던 놈들의 근거지를 마침내 찾아낸 것이다.

하지만 닭수리가 영물이라고 해도 닭수리만 믿고 무림인들을 불러 모을 수는 없는 일이었다. 일단 자신의 눈으로 직접 확인해 볼 필요가 있었다.

루하는 서탁 위 내단을 품에 갈무리하고는 먼저 설란을 찾아갔다.

"혼천마교의 본거지를 직접 확인하고 오겠다고? 혼자서?"

루하의 말에 설란이 걱정부터 한다.

"아무리 너라도 거길 혼자 가는 건 너무 위험해. 인원이 얼마나 되는지도, 어떤 고수가 숨어 있는지도 정확히 모르잖아. 게다가 벽우라는 괴물…… 그 후로 행적이 묘연해.

혼천마교가 회수해 갔을 가능성이 높아. 그렇다면 그 본거지에 그 괴물도 같이 있을 가능성이 높다는 건데……."

"괜찮아. 잠깐 확인만 하고 올 건데, 뭐."

"그럼 차라리 연화라도 데려가."

마음이 놓이지 않는지 설란이 그렇게 말했지만 조금 전 연화가 어렵게 꺼낸 청을 거절하다시피 했던 터라 썩 내키지 않는 루하다.

"아냐. 거기가 그놈들 소굴이 맞는지 확인도 할 겸 어느 정도의 규모인지 염탐 차원에서 가는 거라 둘이서 움직여 봐야 거추장스럽기만 할 뿐이야. 이번엔 혼자가 편해."

"그래도……."

벽우의 강함을 직접 목격한 설란이다. 그토록 강했던 자성마저 치명상을 입었다. 그러니 불안한 거야 당연했다. 그런 설란의 머리를 쓰다듬으며 달래는 루하다.

"걱정 마. 금방 돌아온다니까. 아무렴 내가 내 한 몸 건사 못 하겠어? 이래 봬도 무림 황제로까지 불리고 있는 몸이시라고."

그렇게 설란을 안심시켜 주고 루하는 곧장 닭수리를 앞장세워 혼천마교의 근거지로 향했다. 그런데, 닭수리를 쫓아 그렇게 달리다 보니 뭔가 느낌이 이상했다. 지금 닭수리가 향하고 있는 곳, 그 끝에 보이는 것이 상당히 낯익은 풍경이었던 것이다.

'팔공산?'

그랬다.

지금 닭수리가 향하고 있는 곳은 한때 녹림도들에게 있어 돈과 명예의 상징이자 자부심의 성지였던, 루하가 제갈세가의 표물을 운반하며 사왕 중 하나인 잔혹도마 구귀광을 죽이고 무림에 널리 그 이름을 각인시켰던 바로 그곳, 안휘의 팔공산이었던 것이다.

팔공산.

북조 전진의 왕 부견과 남조 동진 효무제가 대격전을 치른 곳으로, 효무제가 고작 팔만으로 부견의 구십만 대군을 물리친 비수전투(淝水戰鬪)의 최대 격전지. 물론 그런 역사적인 기록보다는 한때 더할 수 없는 공포로 뭇 표행단들의 발길을 돌리게 했던 녹림도 최고의 성지로 더 잘 알려져 있는 산이다.

루하는 한때 더할 수 없는 공포였을 때보다 세인들의 관심에서 멀어진 지금이 더 음산하게 느껴지는 산야를 보며 뒤통수를 둔기로 한 대 맞은 듯한 충격을 받았다.

'그러니까…… 혼천마교의 근거지가 팔공산이었다고?'

그토록 찾던 혼천마교가 저곳에 숨어 있었다니?

왜 그동안 그토록 혼천마교의 흔적을 찾아도 발견할 수 없었는지 그제야 알 것 같았다. 세인들의 관심에서 멀어졌다고 해도 개벽부가 있고 금강야차가 건재한 그곳에 누가 감히 발을 들이려 했겠는가.

만물 교통의 중심에 있지만 오지보다도 더욱 오지인 팔공산이라면 몸을 숨기기에 그만한 장소가 없는 것이다.

'대체 언제부터 팔공산에 숨어 있었던 거야?'

사왕은 어떻게 되었을까? 아니, 잔혹도마는 그의 손에 죽었고 환락불은 음기를 취하려다 연화에게 죽었다. 남은 건 개벽부의 동왕채와 금강야차의 귀왕채다.

'이미 다 몰살을 당했으려나?'

아니면 개벽부와 금강야차, 그리고 두 산채의 고수들도 녹림십팔채의 두령들처럼 벽우의 재생을 위한 제물이 되었을 수도 있다.

충격도 충격이지만, 이 와중에도 아쉽다.

'금강야차는 한번 만나 보고 싶었는데…….'

워낙에 소문이 무성한 존재였다.

사람들은 흔히 녹림도 최강의 고수로 녹림칠패를 꼽았지만, 그중에서도 단연 독보적이라 알려진 건 금강야차였다. 그런데도 늘 도깨비 탈을 쓰고 있어 이름이나 나이, 심지어 성별조차 알려진 것이 없었다.

마초 냄새 풀풀 풍기는 사내라느니 신선도골풍의 노인이라느니, 심지어 절세의 미녀라는 소문까지도 돌았다. 그래서 더 궁금하기도 했는데 이젠 소문의 실체를 확인할 방도가 없어진 것이다.

하긴, 지금은 그런 거나 생각하고 있을 때가 아니었다.

정말로 저곳에 혼천마교도들이 있는지, 그 규모는 어떻게 되는지 확인부터 해야 했다.

'그건 그렇고, 그럼 벽우는 어디에 있는 거지?'

네 개의 봉우리 중에서 벽우가 있는 곳이 곧 혼천마교의 본진일 것이다. 무림과 혼천마교 간에 격전이 벌어졌을 때 그곳을 먼저 치지 않으면 자칫 힘은 힘대로 빼고 헛물만 켜는 결과를 초래할 수도 있었다.

이상한 것은 벽우가 어디에 있는지 전혀 감이 오지 않는다는 것이다.

진화 강시의 내단을 먹은 이후로 수십 리를 떨어져 있어도 강시의 존재를 느끼게 된 그였다. 특히 자성과 벽우 같은 재생 괴물은 그 존재감이 더욱 강렬했다. 한데, 닭수리를 따라오는 내내, 그리고 팔공산 앞에 이르러서도 이상하게 벽우의 존재감이 전혀 느껴지지 않았다.

'설란은 분명 혼천마교도들이 그 괴물을 회수해 갔을 거라고 했는데?'

설란의 짐작이 틀린 것일까? 아니면, 뭔가 다른 원인이 있는 것일까?

그 바람에 혼천마교의 본진이 어디인지 확인하려면 발품을 파는 수밖에 없게 생겼다.

루하는 더 지체하지 않고 팔공산 안으로 발을 들였다.

구음지.

팔공산의 북쪽 입구.

전에도 왔던 길이다. 그날 이곳에서 잔혹도마의 사주를 받고 매복해 있던 장청과 그 수하들인 천랑채 도적들을 만났다. 그리고 그들과 함께 팔공산을 넘고 쟁천표국을 세웠다.

그다지 향수를 느낄 만한 장소도 상황도 아닌데 옛 추억이 새록새록 떠오른다. 게다가 협곡인 구음지 저 깊은 곳에서부터 느껴지는 기척들이 그날과 참 많이도 닮았다.

하지만 그 속에서 느껴지는 기운은 전날 그가 느꼈던 뭇 산채들의 것과는 확연히 달랐다.

훨씬 더 음산하고 사이하다.

'확실히 혼천마교의 근거지가 맞긴 맞나 본데…….'

긴장했다.

그의 목적은 어디까지나 염탐이다. 그의 존재를 들켜서

는 안 된다. 여기서 들키게 되면 혼자서 혼천마교 모두를 상대해야 하는 것은 물론이고, 어렵게 찾은 놈들의 근거지를 다시 놓치게 된다. 근거지가 들통났다는 것을 알게 되면 필경 다시 어딘가로 숨어 버릴 테니까.

그리해 루하는 협곡으로 들어가지 않고 양옆으로 깎아지른 절벽을 올라 우회해서 한때 잔혹도마 구귀광의 군림채가 있던 남천봉을 올랐다.

그렇게 남천봉을 오르는 중에도 루하는 혀를 내두를 수밖에 없었다.

정말이지 바글바글했다.

마치 벌통 속의 벌마냥 발길 닿는 모든 곳에 혼천마교도들이 빼곡히 자리를 잡고 있었다. 그 규모에 놀랐다. 만일 이 정도 인원이 남천봉뿐만 아니라 네 개 봉우리에 가득하다면 적게 잡아도 삼만이 넘는다. 정예 삼만이라면 중원 무림의 전력에도 결코 꿀리지 않는 숫자였다.

'이 정도 규모니 재생 괴물 없이 소림을 그 지경으로 만든 것이겠지만…….'

심지어 육천으로 소림을 그 지경으로 만들었으니 여기 인원이 다 동원된다면 중원 무림은 정말이지 한치 앞도 장담할 수 없는 대환란에 휩싸일 것이었다.

대체 수백 년 동안 이 많은 마교도들이 다 어디에 숨어 있었단 말인가?

새삼 혼천마교가 고금사 유일무이하게 천하일통에 근접했다는 말이 확 와 닿는다.

어쨌든 그 때문에 루하의 발길은 더디고 더욱 조심스러워질 수밖에 없었다. 그렇게 어렵게 남천봉 가장 높은 곳에 다다랐지만 허탕이었다.

벽우도, 혼천마교의 핵심 인사라 할 만한 자들도 그곳엔 없었다.

루하가 다음으로 택한 곳은 개벽부의 동왕채가 있던 기암봉이었다.

개벽부는 적어도 이곳을 혼천마교가 장악하기 전까지 생존해 있던 두 명의 사왕 중 하나였다. 그런 만큼 개벽부와 금강야차의 소식을 접할 수 있을지도 모른다는 기대를 품었다. 게다가 기암봉은 네 개의 봉우리 중 팔공산의 가장 중앙에 위치해 있었다. 그렇다는 것은 혼천마교의 본진일 가능성이 그만큼 높다는 뜻이었다.

하지만 기대와는 달리 기암봉도 아니었다. 기암봉 역시 혼천마교도들이 거처하는 임시 움막들만 가득할 뿐이었다. 그리해 루하가 다음으로 향한 곳은 팔공산 남쪽의 끝, 한때 금강야차의 귀왕채가 자리를 잡았던 천자봉(天資峰)이었다.

천자봉은 팔공산 가장 끝자락인 만큼 거기에 벽우가 있

을 가능성은 사실 가장 낮았다. 그런데도 루하가 환락불의 주완봉을 건너뛰어 천자봉을 택한 것은 그제야 느껴진 벽우의 기운 때문이었다.

미약한 느낌이었다. 신경을 쓰지 않으면 아예 알아차리지도 못할 만큼, 과연 그 엄청났던 벽우의 것이 맞기나 한 건지 의심이 들 만큼 미세하고 농도가 옅었다. 하지만 그건 분명 벽우의 것이었다.

그것을 확신시켜 주듯 천자봉에 상주해 있는 혼천마교도들은 그 존재감부터가 다른 곳과는 확연히 달랐다.

고수들이다.

다른 곳의 혼천마교도들도 고수 아닌 자가 없었지만 천자봉은 그 하나하나가 구대문파의 일대제자들에 버금가는 기도를 보이고 있었다.

그 바람에 한 걸음 한 걸음 내딛는 것이 더욱 조심스러운 루하다.

그렇게 잔뜩 긴장하며 천자봉을 오르기를 얼마간, 마침내 천자봉의 정상에 다다른 루하는 눈앞에 펼쳐진 광경에 입을 쩍 벌렸다.

건물이었다.

산봉우리의 정상이라기에는 지나치게 넓은 평지 위로 무창의 황학루에 버금가는 고루거각이 그야말로 마천루가 되어 하늘을 뚫을 듯이 높이 솟아 그 위용을 자랑하고 있었던 것이다.

이런 곳이 금강야차의 산채였다는 소문이 나지 않았을 리가 없다. 분명 혼천마교가 새로 지은 것이 틀림없다.

그래, 저곳이다. 저곳이 혼천마교의 본진이다. 다른 걸 다 떠나서 벽우의 기운도 바로 저곳에서 비롯되고 있었다.

'그럼 이제 어쩐다?'

벽우가 있는 본진의 위치도 알아냈고 혼천마교의 규모도 대강 파악을 마쳤다. 이곳에 온 목적은 달성을 한 셈이다. 그런데도 쉽게 발길이 떨어지지 않는 것은 시야를 가득 채우고 있는, 장엄하면서도 왠지 지옥의 아가리처럼 섬뜩하게 느껴지는 저 마천루에 대한 호기심 때문이다.

냉정하게 돌아서야 했다.

괜한 호기심에 잘못 발을 들였다가 자칫 들키기라도 하는 날에는 모든 계획이 수포로 돌아가 버릴 수 있었다.

그걸 아는데도 미련을 떨칠 수가 없다.

안 된다 스스로를 막아 보지만 그럴수록 오히려 호기심만 더 강해진다.

'혼천마교의 모든 비밀이 저 안에 있을 텐데 말이지.'

들키지만 않는다면 뭔가 아주 큰 수확을 얻게 되지 않을까?

결국 유혹에 졌다.

갈등의 순간 공교롭게도 마천루의 문이 열리며 혼천마교도 하나가 걸어 나온 것이다. 그 순간 루하는 아무것도 생각하지 않았다. 문틈 속으로 시커먼 암흑이 보이자 반사적으로 몸을 밀어 넣었다. 그리해 보게 된 것은 야명주로 길을 밝히고 있는 길게 늘어진 복도와 그 끝에 자리 잡은 두 개의 계단이었다.

하나는 위를 향하고 하나는 아래를 향해 있다.

루하의 눈이 먼저 위를 향했다.

벽우의 기운이 머리 위 가장 꼭대기에서 느껴졌기 때문이다. 그것도 지금까지와는 달리 아주 강렬하게.

'그러니까 이 건물 자체가 저 기운을 차단하는 장치였던 건가?'

그렇다는 것은 지금쯤이면 벽우 역시 자신의 기운을 느꼈을 가능성이 높았다.

'근데 왜 잠잠한 거지?'

벽우가 자신의 존재를 알아차렸다면 당장 달려 내려왔을 것인데 이상할 정도로 잠잠했다.

벽우의 신상에 뭔가 문제라도 생긴 것일까?

'뭐, 어쨌거나 다행이긴 하다마는…….'

아니었다면 그간의 고생이 헛고생이 될 뻔하지 않았는

가.

'지금이라도 발을 빼는 게 좋으려나?'

하지만 역시 그럴 마음이 들지 않는다. 오히려 그의 눈은 한층 더 짙어진 호기심으로, 이번엔 아래를 향했다.

마치 지옥의 아가리처럼 끝이 보이지 않는 암흑뿐인 그곳에선 오히려 벽우가 있는 위쪽보다도 더 음산한 기운이 느껴진다. 게다가 어딘지 부산스럽다. 그의 호기심을 더욱 자극하는 것은 코를 찌르는 비릿하고 진한 혈향이었다.

'저기서 뭔가 벌어지고 있는 것이 분명한데…….'

궁금했다. 하지만 그렇다고 인기척이 잔뜩 느껴지는 그곳으로 무턱대고 내려갈 수는 없는 노릇.

루하가 주위를 두리번거렸다.

'이런 건물의 구조라면 환기구 같은 게 있을 텐데…….'

한때 마을 목공을 따라서 누각의 보수 공사에 몇 번 따라간 적이 있었다. 규모야 여기보다 작았지만 대개 이런 구조의 누각은 환기구가 필수로 장착되어 있기 마련이었다. 아니나 다를까, 루하는 금세 환기통을 찾았다. 대개의 환기구가 그렇듯이 이곳도 보수 공사에 용이하도록 사람 하나가 들어가기에 충분한 크기로 되어 있어서 루하가 들어가기에는 전혀 문제가 없었다.

환기구의 구조 또한 크게 다르지 않았다. 다만 깊었다.

대체 어디까지 내려가야 끝이 나는지 싶을 만큼 깊고 깊어서 한참을 내려가서야 겨우 혈향이 시작되는 곳을 찾았다.

그렇게 찾아 들어가게 된 혈향의 근거지는 어느 밀실이었다.

커다란 나무 욕조와 그 나무 욕조를 둘러싼 열두 명의 흑의복면인들, 그리고 그들의 손에 들린 물동이.

그 지독한 혈향은 바로 그 물동이에서 나오고 있었다.

역시 피였다. 그것도 막 짜내 김까지 모락모락 올라오는 새빨간 선혈.

흑의복면인들은 물동이에 담긴 그 붉은 피를 욕조에 들이붓고 있었다.

한 번으로 끝이 아니었다.

열두 명의 흑의복면인들이 물동이의 물을 다 붓고 나면 다시 밀실 안으로 열두 명의 흑의복면인들이 물동이를 가지고 들어와 그 피로 욕조를 채운다.

두 번, 세 번, 네 번…….

그 광경을 환기구를 통해 보고 있는 루하의 뇌리에는 두 가지 의문이 떠오른다.

'대체 저 피를 뭐에 쓰려는 거지?'

그리고 저 피를 지금 어디에서 가져오고 있는 것일까?

얼마나 지났을까? 엄숙하고 경건한 분위기 속에서 진행된 기괴한 짓은 열두 명의 복면인들이 물동이의 피를 욕조에 일곱 번을 더 붓고 나서야 끝이 났다. 루하가 이곳에 도착했을 때부터 욕조에 피가 흥건했으니, 정확히 몇 동이의 피가 욕조에 담긴 것인지는 확인할 길이 없다.

아무튼 그렇게 기괴한 짓이 끝이 나자 밀실 안에는 두 명의 사내만 남았다.

한데, 그중 하나가 왠지 낯이 익다. 다른 복면인들과 마찬가지로 그 역시 복면을 하고 있는데도 낯이 익은 것은, 그 사내의 복면만큼은 검은색이 아니라 붉은색이었기 때문이다.

붉은색의 복면인.

기억하고 있다. 혼천마교도들을 이끌던 혼천마교의 우두머리가 분명했다.

'태사로라고 했지, 아마?'

자성에게 들은 적이 있었다.

이름은 모른다. 그저 지금의 혼천마교를 이끄는 혼천마교의 대장로라고만 했다.

루하의 짐작대로였다. 그 붉은색의 복면인은 현 혼천마교의 대장로 태사로 이찬이었다.

그때, 태사로 이찬이 품속에서 작은 옥함 하나를 꺼내 들었다.

이윽고 옥함이 열리고, 그 속에서 모습을 드러낸 것은 탁하고 깊은 핏빛을 머금고 있는 작고 둥근 구슬이었다. 그야말로 보는 것만으로도 숨이 턱 막혀 올 만큼 요사스러운, 엄지손가락 정도의 크기밖에 안 되는데도 밀실 안을 온통 사기(邪氣)로 물들이는 사기 덩어리.

태사로 이찬이 그 요사스러운 구슬을 꺼내 들자 옆에 있던 사내가 조심스럽게 묻는다.

"정녕 이리해도 되는 것입니까?"

사내의 목소리는 걱정과 불안으로 떨려 나오고 있었다.

이찬이 고개를 끄덕였다.

"그렇지 않아도 이미 한계에 이르러 있던 천주의 몸이다. 금이 간 도자기처럼 위태롭기 그지없는 몸으로 쟁천표국에선 스스로 제어할 수 없는 힘까지 얻었다. 지금으로서는 당장 균형이 깨져 폭주를 한다고 해도 이상할 것이 없는 상태, 정화를 서둘러야 함은 네가 더 잘 알고 있지 않느냐?"

"하오나…… 저것은 아직 정화가 되지 않은 피입니다. 그리고 환혼단만으로는 완전한 정화가 불가능합니다. 가뜩이나 모든 것이 불완전한 상태의 천주이신데 피의 정화까지 정상적인 과정을 거치지 않고 이루어진다면 저대로 괴물인 채로 영영 재생이 완성되지 않을 수도 있습니다."

"알고 있다. 허나 어쩌겠느냐? 시간은 화급을 다투는데 당장 필요한 정화의 인은 구할 길이 없는 것을. 쟁천표국에 있던 정화의 인이 그나마 희망이었건만 그마저도 천주께서 다 먹어 버렸고, 잡다한 것을 너무 많이 취하는 바람에 정상적인 방법인들 과연 제대로 재생이 이루어질지 장담할 수 없는 상태가 되어 버렸다. 그렇다면 아쉬운 대로 환혼단으로 피를 정화해서 폭주부터 막는 것이 지금 우리가 할 수 있는 최선이다. 당장 급한 불은 끄고 봐야 하지 않겠느냐?"

이찬의 판단은 틀리지 않았다. 그런데도 못내 불안을 지우지 못하는 것은 이 환혼단이란 것이 근본적으로 내단에 깃들어 있는 사기를 증폭시키는 성질을 가지고 있기 때문이었다.

피를 정화한다는 것도 그 의미가 사뭇 다르다. 피를 맑게 하는 것이 아니라 피를 환혼혈강시가 가진 근본적인 사기와 그 성질을 가깝게 맞춰 섞음으로서 그 농도를 묽게 한다는 것이었다.

임시방편으로 하기에는 위험성이 너무 크다. 이런 식으로는 재생이 완성될 확률은 일 할도 채 되지 않는다. 아무리 급한 불부터 꺼야 한다고 해도 이렇게까지 해서 불을 꺼 본들 과연 무슨 의미가 있을까 싶은 것이다.

왜 이찬이 이런 무리한 술법을 강행하는지도 의아스럽기만 하다.

하지만 그런 그의 불안이야 어쨌든, 이찬은 옥함 속에서 구슬을 꺼내어 피로 가득 채워진 욕조 속으로 주저 없이 던져 넣었다.

부글부글-

구슬이 들어가자마자 기포가 생기며 부글부글 끓어오르는가 싶더니, 새빨간 피가 삽시간에 검게 물들어 가기 시작한다.

잠시간 그 광경을 지켜보던 이찬이 욕조의 피가 완전히 검은색으로 뒤덮이는 것을 확인하고는 밀실에서 나갔다. 이찬이 나가고도 한참을 불안한 눈으로 욕조 속 검은 피를 바라보던 사내도 결국 떨어지지 않는 걸음을 뗀다.

그렇게 모두가 나가고 나서야 환풍구를 통해 밀실로 내려오는 루하다.

루하의 시선 역시 욕조에 고정되어 있었다.

둘의 짧은 대화만으로도 대강의 상황은 짐작할 수 있었다.

'그러니까 이게 정혈이라는 거지?'

연화가 그에게 말했다.

피의 정화, 혼백의 정화. 죽음으로 얼룩진 사자의 때를 벗겨 재생을 완성하는 것. 거기에 필요한 것이 청광편, 즉 정화의 인이고, 그 정화의 인을 사람에게 먹여 얻는 피가 바로 정혈이라고 했다.

하지만 지금 저 욕조 안에 있는 것은 정화의 인으로 만들어진 정혈이 아니다. 그냥 사람의 피일뿐이다.

'그리고 아까 그 환혼단이라는 것이 임시방편으로 정화의 인을 대신하는 것일 테고.'

환혼단은 아직도 욕조 속에서 기포를 일으키며 그 존재를 여실히 드러내고 있었다.

갈등이 생긴다.

이대로 두고 가자니 저 욕조 속의 피가 벽우를 더 강하게 만들 것 같고, 그렇다고 욕조를 부숴 버리자니 자신의 행적이 드러날 위험이 있다.

'아니지. 어차피 피를 엎어 봤자 다시 채우면 그만이잖아.'

그 과정에서 괜한 희생자만 늘어나게 될 뿐이다.

'그럼 저 환혼단이라는 거라도 가져갈까?'

환혼단이라는 게 하나가 아니라면 소용없는 일이겠지만 하나뿐인 물건이라면 혼천마교의 계획에 큰 타격을 입히게 된다.

'그렇게 중요한 물건이 없어지면 그만큼 내 행적이 드러

날 위험도 커지는 거겠지만……'

하지만 여기까지 와서 그것이 벽우를 더 강한 적으로 만들 것임을 뻔히 알면서도 이대로 아무것도 안 하고 돌아가기는 찝찝하다. 게다가 환혼단에 대한 호기심도 컸다.

얼핏 본 것이지만 결코 예사로운 물건이 아니었다. 지독한 사기를 뿜어내는 중에도 눈을 뗄 수 없게끔 만드는 신비로움이 있었다. 심지어 그것을 본 순간 그의 안에서 어떤 공명 같은 것이 '쿵' 하고 울렸다.

그리해 루하가 갈등 끝에 내린 결론은 환혼단이 그런 위험을 감수할 만큼의 가치가 있다는 것이었다.

결정을 내린 루하는 지체하지 않고 욕조를 향해 손을 뻗었다. 그러자 욕조 속 피가 칼에 베인 듯 갈라지며 환혼단이 떠올랐다.

얼마 되지 않은 시간이건만 환혼단은 아까와 사뭇 달라져 있었다. 처음에 보았을 때는 깊지만 탁한 빛을 띠고 있었던 것이 피를 머금자 검게 변한 욕조의 피와는 반대로 맑게 개어진 영롱한 선홍빛으로 빛나고 있었다.

하지만 거기에서 느껴지는 요사스러운 기운만큼은 조금도 퇴색되지 않았다. 오히려 피를 머금으니 더욱더 강렬한 사기를 내뿜는다.

역시 이대로 두고 갈 물건이 아니다.

'근데 어떻게 가져가지?'

격공섭물로 환혼단을 욕조에서 들어 올리기는 했는데 막상 손으로 만지려니 께름칙하다. 천 같은 걸로 싸맨다고 가려질 사기도 아니다.

그렇게 난감해하고 있던 그때, 불현듯 뇌리를 스치는 것이 있었다.

'이거라면 괜찮긴 할 텐데…….'

루하가 품속에서 꺼내든 것은 재생 괴물의 내단이 들어 있는 옥함이었다.

옥함을 열며 다시 갈등을 하는 루하다.

내단과 환혼단을 같이 넣어도 될까?

아니면 그냥 내단은 빼고 환혼단만 넣을까?

하지만 재생 괴물의 내단도 직접 손으로 만지기에 꺼려지긴 마찬가지다.

'하긴, 뭐 별일 있을라고.'

환혼단을 내단과 같이 옥함에 넣었다. 그러자 밀실 안을 가득 채우던 사기가 그 순간 씻은 듯이 사라졌다.

'자, 그럼 이제 어쩐다?'

알 건 알았고 얻을 건 얻었다. 이대로 돌아가면 된다. 하지만 이대로 돌아가자니 마음에 걸리는 것이 있다.

욕조를 가득 채운 피.

지금이야 검게 변해 버렸지만 조금 전까지는 분명 펄떡 펄떡 뛰는 심장에서 갓 뽑아낸 신선한 피였다. 그리고 벽우의 두 번째 재생을 위해 일정 수준 이상의 고수들을 납치했던 만큼, 마지막 정화에 필요한 피 또한 고수들의 것일지도 몰랐다. 즉, 저 욕조에 가득 찬 피가 납치된 고수들의 것일 수도 있다는 것이다.

'그럼 그동안 납치된 고수들 중에 아직 생존해 있는 사람들이 있을 수도 있다는 건데…….'

당장 구출은 힘들더라도 생존자가 누구인지, 얼마나 되는지 정도는 확인해 둘 필요가 있었다.

루하는 우선 문을 살폈다.

단단히 잠겨 있다. 밀실 밖도 경계가 삼엄하다.

억지로 열려고 하면 못 할 것도 없지만 그렇게 되면 한바탕 소란을 피할 수 없게 된다. 혼천마교의 소굴을 은밀히 살피기에는 역시 환기구밖에 없다.

그리해 다시 환기구로 들어가 지하에 있는 밀실들을 살피기 시작했다. 그러다 새삼 그 규모에 혀를 내두르는 루하다.

지하는 높이 솟은 지상의 누각만큼이나 층층이 이어져 있었다. 게다가 지상보다 지하가 훨씬 크고 넓어서 한 층을 다 살피는 데 반 시진이 넘게 걸렸다. 그렇게 지하 삼 층까지 내려왔지만 생존자들의 흔적은 찾을 수 없었다.

'애초에 생존자 같은 건 없었던 건가?'

아니면 더욱 깊은 곳에 숨겨 둔 것일까?

살짝 회의감이 드는 그때였다. 지하 삼 층의 가장 끄트머리에 있는 밀실에서 낯익은 물건 하나가 시야에 들어왔다.

세 개의 석관이었다.

그 모양이며 크기가 지난날 강시가 담겨 있던 제갈세가의 표물과 조금도 다르지 않았다.

단지 우연일 리가 없다.

석관을 잠그고 있는 금제마저도 지난날 보았던 것과 똑같은 것이 빈 석관처럼도 보이지 않는다.

순간 루하의 눈이 반짝인다.

'이거 쓸모가 있겠는데?'

무슨 생각이 들었는지 어딘지 사악하고 짓궂은 표정으로 입꼬리를 말아 올린 루하가 이내 석관이 있는 밀실 안으로 들어갔다. 그리고 대뜸 금제를 뜯어내고는 석관의 뚜껑을 열었다.

'역시!'

아니나 다를까, 거기에는 강시가 있었다. 석관이 어떤 방해를 하는 것인지 뚜껑을 열기 전까지는 전혀 기운을 느낄 수 없었지만, 석관을 여는 순간 그것이 진화 강시임도 바로 알았다. 다른 두 개의 석관도 마찬가지다. 각각의 석관에 진화 강시들이 눈을 감은 채 잠들어 있었다. 아마도 다음 재생 괴물로 정해진 모양이었다.

'근데…… 어떻게 깨우지?'

고민할 필요 없었다. 석관을 열고 채 서른을 세기도 전에,

"크르르……."

진화 강시들이 눈을 번쩍 뜬 것이다.

잠깐의 혼란과 루하를 향해 반사적으로 들어차는 탐욕.

"크아앙!"

세 구의 진화 강시가 거센 포효성까지 내지르며 루하를 향해 다짜고짜 주먹을 날린다.

루하는 맞받지 않고 피했다.

콰콰쾅!

강시들이 날린 권풍에 밀실이 박살이 나고,

"무, 무슨 일이냐!"

놀란 경비 무사들이 달려온다. 그때서야 주먹을 날리는 루하다. 그러나 그 주먹이 향한 곳은 강시가 아니라 놀라서 달려오고 있는 경비 무사들에게로였다.

"억! 뭐야!"

"컥!"

"크악!"

어찌 된 영문인지도 모른 채 경비 무사들이 가루가 되어 버렸다. 그렇게 눈에 보이는 경비 무사들을 모조리 죽인 루하는 그 즉시 지하 복도로 달려 나왔다. 그 와중에도 루하를 향한 강시들의 공격은 맹렬하게 이어졌지만 여전히 맞받지 않고 피하기만 했다. 그 바람에 목표를 잃은 강시들의 권풍이 밀실이며 복도 벽이며 천장까지 가리지 않고 부순다.

콰콰콰쾅!

그야말로 난장판이다. 그 난장판 속에서 루하가 강시들을 유인하며 달려가고 있는 곳은 피의 욕조가 있던 바로 그 밀실이었다.

'분명 우측에서 두 번째였지?'

루하의 눈이 우측 두 번째 밀실을 향했다. 정확히는 우측 두 번째 밀실의 위층이다. 그러고는 그곳을 향해 주먹을 날렸다.

쾅!

정확했다. 루하의 권풍에 천장이 무너지고 그 속에서,

촤아아아아—

핏물이 쏟아져 내린다.

루하의 입가에 회심의 미소가 걸렸다. 그의 주먹은 더욱 더 박차를 가하며 사방을 두들겨 댔고, 갈 곳 잃은 강시들의 강기들마저 더해져 그 큰 지하층이 당장이라도 무너져 내릴 듯이 위태롭게 흔들렸다.

그때였다.

'온다!'

살아 있는 생명체라면 감히 발을 디딜 엄두도 내지 못할 그 난장판 속으로 거대한 기운이 달려오고 있었다.

그들이 있는 지하로 맹렬히 달려 내려오고 있는 거대한 기운은 당연히 벽우다. 저런 말도 안 되는 기운을 뿜어내는 존재가 벽우 말고 달리 누가 있겠는가.

예상은 했다.

진화 강시들이 소란을 피운다면 혼천마교로서도 벽우를 풀 수밖에 없을 테니까. 하지만 이 순간 느껴지는 벽우의 기운은 그의 예상치를 훌쩍 넘어서는 것이었다.

'젠장! 괄목상대란 것도 정도껏이지…….'

지난번에는 그래도 파운삼십육권이라면 비벼 볼 만은 하다고 생각했다. 한데, 지금 느껴지는 이 사나운 기운은 아예 맞붙어 볼 엄두도 나지 않을 지경이다.

그건 강시들도 마찬가지인 모양이다.

"크헝!"

상대를 향한 포효가 아닌, 공포에 질린 신음과도 같은 울

음을 토하며 어찌할 바를 몰라 한다. 그러다,

크아앙!

괴성을 지르며 주먹을 휘두른다.

콰앙!

주먹 한 번에 천장이 휑하니 뚫리고 그 위로 별 무리가 가득한 밤하늘이 보인다.

벽우와는 감히 붙어 볼 엄두도 내지 못하고 도망부터 치려는 것이다. 누가 먼저랄 것도 없었다. 구멍이 뚫리자마자 필사적으로 몸을 날린다. 그러나 루하가 한발 더 빨랐다.

"니들은 좀 더 놀다 와!"

구멍을 향해 몸을 날리는 강시 둘의 뒷덜미를 낚아채서는 벽우가 달려 내려오고 있는 방향으로 집어던져 버렸다. 그것으로 그치지 않고 가장 앞서 이미 구멍 속으로 몸을 들이민 강시마저 발목을 잡아채서는 벽우가 있는 곳으로 던졌다.

콰콰콰콰콰콰콰콰!

이어서 터지는 폭발음과 누구의 것인지 모를 비명 섞인 짐승의 울음소리들이 뒤섞인다.

루하는 다시 한 번 사방으로 주먹을 날려 아예 지하층을 원래의 형체조차 알아볼 수 없게끔 초토화시켜 놓고는, 그제야 강시가 뚫어 놓은 구멍을 통해 누각을 빠져나왔다. 그러고는 냅다 달렸다.

잠시도 머뭇거릴 여유가 없었다. 어차피 강시들로서는 벽우의 발을 오래 붙들 수 없다. 그 사이 벽우가 자신의 기운을 느끼지 못할 만큼 거리를 벌려야 했다. 그러지 못하면 도무지 이길 수 있을 것 같지가 않은 벽우와 생사 대결을 벌여야 한다. 그건 생각만 해도 간담이 서늘해지는 일이었다.

그렇게 얼마나 달렸을까?

어느 순간부터 벽우의 기운이 느껴지지 않게 되고도 한참을 더 내달린 후에야 발을 멈췄다. 그러고도 긴장을 놓지 않은 채 자신이 왔던 방향으로 시선을 던졌다.

이젠 누각이 시야에 보이지도 않는다. 그 높은 누각이 보이지 않게 되었다는 것은 적어도 천문(天門)을 넘어 형문(荊門)까진 이르렀다는 뜻이었다.

그 덕분인지 한참을 더 그렇게 긴장하며 누각이 있던 곳을 살폈지만 다행히 벽우의 기운도, 쫓아오는 기척도 전혀 느껴지지 않았다.

"휴우…… 따돌렸나 보네."

그렇게 안도하던 루하는 문득 자신의 달라진 처지에 헛웃음을 터트렸다.

"이거 참, 아주 꼴이 말이 아니로구만."

생각해 보면 참 기가 막힐 일이다.

고금제일에 절대무적이라는 칭호까지 받던 그다. 조화지기를 제대로 사용하기 시작한 이후로 하늘과 땅 아래 홀로 군림해 온 그가 죽음이 두려워 꽁지가 빠져라 달리게 되다니?

굴욕감이 든다기보다는 그저 어이없고 허탈하다. 그런 한편으로 앞날이 막막하다.

다행히 강시들 덕분에 자신의 흔적은 지울 수 있었다. 워낙에 계획에 없던 일이다 보니 어찌어찌 투닥투닥해서 막무가내로 처리를 했지만 그런 것치고는 결과물은 나쁘지 않았다. 자신이 왔다 간 흔적을 지운 것은 물론이고, 환혼단도 그 소란 중에 잃어버렸거나 강시가 부순 거라 생각하지 누가 훔쳐 간 것이라고는 생각 못 할 것이다.

그러니 무림인들을 모아 혼천마교의 본거지를 치겠다는 계획은 아직 유효하다. 하지만 생각지 못한, 아니, 생각했던 것 이상의 암초를 만났다.

"그 괴물을 나 혼자 뭔 수로 상대를 하냔 말이지."

무림인들을 아무리 많이 모아 봤자 그가 벽우를 막지 못하면 말짱 헛일인데, 아예 싸워 볼 엄두도 나지 않을 만큼 자신감이 현저히 떨어져 버렸다.

"정말 이걸 먹는 수밖에 없나?"

루하가 품속에서 재생 괴물의 내단이 든 옥함을 꺼내 들었다.

자성의 사정을 봐줄 때가 아니었다. 이 내단을 먹어 자성의 힘이 온전히 회복된다고 해도, 거기에 연화까지 합류한다고 해도 분산된 힘으로는 벽우를 상대할 수 있을 것 같지 않았다. 하물며 제대로 손발 한 번 맞춰 본 적이 없는 그들이 아닌가.

자신이 먹어야 했다. 그래서 벽우를 상대할 수 있을 만큼 스스로 강해지는 것만이 가장 확실한 방법이었다.

루하는 옥함을 열었다.

그런데 옥함 속을 확인한 루하는 기겁을 할 듯이 놀랐다.

당연히 있어야 할 내단이 보이지 않았던 것이다.

내단이 없어졌다. 같이 넣어 둔 환혼단만이 덩그러니 남아 있다. 그런데 그 환혼단도 이상했다.

그가 알고 있던 환혼단과는 사뭇 다르다.

밀실 안을 가득 채울 정도로 강력했던 사기도 온데간데없이 사라졌고 붉디붉은 선홍빛도 아니다. 원래 그 자리에 있어야 할 내단처럼 투명하게 변해 있었다. 크기와 모양이 아니었다면 그것이 내단이라 착각했을 만큼 뿜어내는 기운도 내단과 닮아 있었다.

"설마…… 잡아먹은 거야?"

환혼단이 재생 괴물의 내단을 잡아먹은 거라고밖에는 이 상황이 설명이 되지 않는다.

정화된 내단과 정화를 시키는 환혼단이 합쳐졌다. 왜 그렇게 되었는지는 루하로서도 알 길이 없다. 다만 그야말로 사기 덩어리였던 원래의 환혼단과는 달리 지금 저 유리처럼 투명하게 빛나는 구슬은 전혀 거부감이 들지 않았다.

오히려 어떤 끌림이 있다. 만져 보고 싶다는 충동도 느껴진다.

그 충동에 끌려 저도 모르게 손을 가져가던 루하가 순간 본능적으로 밀려드는 경계심에 움찔한다. 하지만 그도 잠시, 결국 손을 가져가 환혼단을 쥐었다.

"엇!"

이건 무슨 느낌일까?

환혼단을 만진 순간, 그것을 만진 손끝에서부터 찌르르 어떤 전율 같은 것이 타고 오르더니 삽시간에 전신을 훑고 지난다. 그야말로 찰나 간에 일어난 일이었다. 화들짝 놀라 손을 뗐을 때는 이미 그 전율 같은 것이 사지대혈을 훑고 지난 후였다.

한데, 자신의 몸을 살펴보니 별다른 점은 발견되지 않았다. 마치 아무 일도 없었다는 듯, 착각이었던 것처럼 그 어떤 변화도 없었다. 하지만 그 감각만큼은 고스란히 남아 있었다.

하루 종일 잠을 자다 막 깨어난 후 한껏 기지개를 켠 개운함인 것도 같았고, 무더위 타는 갈증 속에 마시는 얼음물의 시원함인 것도 같은 감각.

루하가 새삼스러운 눈으로 환혼단을 본다.

썩 나쁘지 않은 감각이었다. 아니, 상당히 기분 좋은 감각이었다. 하지만 오히려 그래서 더 무섭다. 사람을 홀려서 끝내는 중독에 빠트리는 앵속처럼, 그 맛에 취해 버릴 것 같은 두려움이 경계심을 돋운다.

결국 옥함을 닫았다.

옥함을 닫고 나서야 사라진 내단에 생각이 미친다.

"그나저나 내단이 없어져 버렸으니 이제 어쩌지?"

지금으로서는 그게 벽우를 상대하기 위한 유일한 무기였다. 그런데도 별반 아깝다는 생각이 들지 않는 것은, 딱히 근거는 없지만 내단을 잡아먹은 환혼단이 훨씬 더 대단한 물건일 거라는 막연한 기대감 때문이었다.

그의 곁에는 그 기대감에 근거를 더해 줄 사람이 있다.

루하는 즉시 쟁천표국으로 돌아가 설란에게 자초지종을 설명하고 환혼단을 보였다. 하지만 그리해 듣게 된 말은 그의 기대와는 전혀 다른 것이었다.

"내단과 합쳐졌다는 거…… 사실이긴 한 거야?"

그것은 환혼단을 들고 들어가 사흘 동안이나 두문불출하던 설란이 마침내 루하를 찾아와 건넨 첫마디 말이었다.

루하가 의아해하며 물었다.

"왜?"

"내단과 합쳐졌다면 그 안의 내력까지도 같이 흡수했다는 건데, 여기엔 단 한 줌의 내력도 없어."

"뭐? 그럴 리가……."

"그럴 리가고 자시고, 아무리 살펴봐도 여기엔 내력 같은 건 없다니까?"

설란의 말에 눈살을 찌푸리는 루하다.

이해가 안 된다. 내단에 깃들어 있던 내력은 간단히 사라질 수 있는 것이 아니었다. 또한 그 정도 내력이 밖으로 새어 나갔다면 그가 눈치채지 못했을 리도 없다.

"혹시 어디 다른 데다 잃어버린 거 아냐?"

"아무렴 내가 그 귀한 걸 잃어버릴까. 나 그렇게 칠칠맞은 놈 아니거든? 게다가 말했잖아. 원래 이런 색깔이 아니었고, 기운도 엄청 불길한 것이었다고. 근데 내단이랑 같이 두고 나서 갑자기 이렇게 변했다니까? 내단도 감쪽같이 사라졌는데 딱 봐도 크기랑 모양만 달랐지 색이며 기운이며, 내단이랑 똑같잖아? 어떻게 봐도 이건 이 요사스러운 놈이 내단을 먹어 치웠다고밖에는 볼 수 없어."

루하의 말이 맞다. 설란이 생각하기에도 내단과 합쳐진 거라고 보는 게 합당했다.

"알았어. 일단 내가 좀 더 조사해 볼게."

그렇게 말하고는 환혼단을 챙겨 들려는데 그런 그녀를 루하가 막았다.

"아냐. 일단 놔둬 봐. 내가 직접 연구해 봐야겠어."

"그치만…… 만졌을 때 이상한 감각이 느껴졌다면서? 아직 안전한 건지도 확인 안 된 상태에서 무리하게 그걸 다시 만졌다가 다른 부작용이라도 생기면……."

"괜찮아. 몇 번을 다시 생각해 봐도 위험한 건 아녔어. 그리고 지금은 좀 위험한 것 정도는 감수해야지. 내단까지 없어진 마당에 이제 희망은 이거 하나뿐이니까."

정말이지 작은 희망이었다. 설란의 말대로 이 안에 내단의 내력이 하나도 담겨 있지 않다면, 벽우를 상대할 길이 정말이지 요원해진다.

"알았어. 일단 나도 다른 방법을 찾아보고 있으니까 너무 무리하지는 마."

"다른 방법?"

"그때 그자가 내단이고 청광편이고 할 것 없이 하나로 뭉쳤던 것 기억해?"

기억난다.

"응. 그래서?"

"따로 보관하고 있던 내단이 몇 개 있어. 그것들을 한번 하나로 합쳐 보려고."

"가능해?"

"가능할지 안 할지는 해 봐야지. 진화 강시의 내단 중에서도 고순도의 것만 추려둔 거라 만일 성공만 한다면, 분명 재생 괴물의 내단에 버금가는 내단이 만들어질 거야."

이럴 땐 참 든든한 설란이다.

덕분에 한결 마음은 가벼워졌다.

그렇게 설란이 나가고 방에 혼자 남은 루하는 환혼단을 앞에 놓아두고 한참을 고민에 잠겼다.

좀 위험한 것 정도는 감수하겠다고 했지만 막상 앞에 두고 보니 선뜻 용기가 안 난다.

손을 가져다가 말고 또 가져가다 말기를 수십 번이다.

묘한 기분이었다.

만지고 싶다는 유혹과 만져도 될까 하는 꺼림칙함이 어느 한쪽으로의 치우침도 없이 딱 반반이다.

하지만 오랜 망설임 끝에 거기에 딱 한 푼이 더해진 것이, 해야 한다는 책임감이다.

그래. 해야 했다. 할 수밖에 없다. 만일 환혼단이 하나가 더 있다면, 지금 이 순간에도 벽우는 재생을 위한 의식을 치르고 있을지도 몰랐다. 만일 벽우가 재생을 완성한다면? 아무런 준비도 되어 있지 않은 상태에서 벽우가 다시 이곳으로 들이닥친다면?

생각만 해도 끔찍한 일이 벌어지고 말 것이다.

그리해 과감히 손을 뻗어 환혼단을 만졌다. 이윽고, 전율과도 같은 쾌감이 삽시간에 온몸으로 퍼져 간다.

"아!"

第七章

공령지체(空靈之體)

"어찌 되었느냐?"

이찬의 물음에 수하가 굳은 표정으로 대답했다.

"천인들은 모두 천주께 죽임을 당했습니다."

"허면 천인들의 씨앗은 천주께서 취하셨느냐?"

"아닙니다. 더 채우실 수 없는 상태였는지 씨앗도 함께 소멸시키셨습니다."

"그렇군. 하긴, 쟁천표국에서 취한 것만으로도 이미 한계를 넘어 버린 상태니…… 한데, 대체 어찌 된 일이더냐? 천인들이 어찌 깨어난 것이며, 금제는 또 어찌 풀었단 말이냐?"

이찬이 도무지 이해가 안 된다는 표정으로 묻자 수하가 고개를 젓는다.

"모르겠습니다. 천주와 천인들의 충돌로 지하층이 형체를 알아볼 수 없을 정도로 부서져 버려서 지금으로서는 원인을 찾기가 어렵습니다. 그보다…… 더 큰 문제는 환혼단입니다."

"환혼단이라니?"

"환혼단이 사라졌습니다."

순간 이찬의 얼굴이 딱딱하게 굳었다.

"그게 무슨 말이냐? 환혼단을 찾지 못했다는 것이냐?"

"예. 샅샅이 다 뒤졌지만 환혼단은 없었습니다. 아무래도 그 소란 중에 부서진 것은 아닐지……."

"간단히 부서질 물건이 아니다!"

"물론 그렇긴 하오나…… 지금 천주의 힘이라면 환혼단이라도 능히 부술 수 있습니다. 그리고 소란 중에 부서진 것이 아니라면 환혼단이 없어질 리가 없지 않습니까? 누가 훔쳐갔을 리도 만무한 일이고."

이찬의 얼굴이 심각하게 굳어졌다.

환혼단이 사라진 것이 맞는다면 그 소란 중에 부서졌다는 것 말고는 달리 생각할 수 있는 게 없다. 외부인의 침입이나 내부인의 소행이라는 것은 더더구나 있을 수 없는 일이다. 무엇보다 수하의 말대로 천주라면, 벽우의 힘에 휩쓸렸다면 제아무리 금강석보다 단단한 환혼단이라고 해도 남아나지 못했을 것이었다.

하지만 그것을 간단히 인정해 버리기엔 환혼단은 너무 귀한 물건이었다.

혼천마교의 시작과 함께했던 물건이었다. 환혼혈강시를 만드는 데 없어서는 안 되는 재료이며 또한 그것을 만드는 방법조차 이제는 아는 이가 없는, 결코 잃어버려서는 안 되는 혼천마교 최고의 보물이었다.

"더 찾아 보거라. 단순히 부서진 것이라면 그 안에 깃든 사기가 폭출되어 나왔을 테고, 그렇다면 우리가 그것을 느끼지 못했을 리가 없다. 분명 어딘가에 묻혀 있을 것이다."

"허나…… 만일 그래도 찾지 못한다면 천주는 어찌해야 합니까?"

환혼단이라는 귀한 보물을 잃어버린 것도 곤란한 일이지만, 그로 인해 당장 벽우의 재생 계획에 차질이 빚어졌다는 게 가장 큰 문제였다.

"천인들을 막기 위해 무리하게 천주를 깨우는 바람에 지금 천주의 몸 상태는 그 전보다 더 심각한 지경에 이르러 있습니다. 다시 금제를 씌워 잠을 재우긴 했지만 그것마저도 이젠 한계입니다."

당장 폭주를 한다고 해도 이상할 것이 없는 상태다. 그리고 만일 수하가 우려하는 대로 벽우가 폭주를 하게 되면 그땐 그 누구도 막을 수 없게 된다. 그들 혼천마교는 물론이거니와 세상 그 누구도. 삼절표랑이라 해도 말이다. 그야말로 멸망의 재앙 덩어리가 세상에 나오게 되는 것이다.

"일단 금제의 강도를 최대한 높여야지."

"하오나 지금보다 더 강도를 높이면 천주의 혼에 무리가 가게 됩니다. 다른 부작용이 생길 수도 있습니다."

"뒤를 생각할 여유가 없다. 시간을 벌어야 해. 일단 시간부터 벌어야 환혼단을 찾든 다른 방법을 강구하든 할 것이 아니냐. 내가 천주의 옆에 붙어 금제를 관리할 것이니 너는 환혼단을 찾는 것에만 집중하거라."

이찬의 명에 수하가 명을 받들고는 집무실을 나갔다. 집무실을 떠나는 수하의 걸음은 무거웠다. 차마 더는 반박하지 못했지만, 환혼단을 찾을 자신이 없는 것이다. 이미 찾을 만큼 찾아본 다음에 보고를 올린 것이었으니까.

이를 이찬이 어찌 모를까.

그러하기에 수하의 등을 보는 이찬의 눈빛 또한 깊은 수심으로 흔들리고 있었다. 하지만 그런 순간에도 이찬은 환혼단을 누군가가 훔쳐갔을 거라고는 추호도 생각지 못하고 있었다. 지금 이 순간 그의 근심은 오직 한 가지였다.

'정말로 천주께서 환혼단을 부순 것이라면…….'

그리된 것이라면 무슨 수로 천주의 폭주를 막는단 말인가?

생각만 해도 아득하고 눈앞이 깜깜한 일. 지금 그는 차라리 누군가 훔쳐갔기를 바라고 싶은 심정이었다. 누군가 훔쳐갔다면 되찾을 길이라도 있을 테니까 말이다.

다행히 환혼단은 부서지지 않았다.

과연 이 사실을 알고도 이찬이 다행이다 여길지는 모르겠지만, 어쨌거나 그들이 찾고 있는 환혼단은 지금 루하의 수중에 있었다. 하지만 이미 환혼단은 그들이 알고 있는 모습의 환혼단이 아니었다. 재생 괴물의 내단과 합쳐져 전혀 다른 성질의 물건이 되어 있었다. 그리고 그렇게 변한 환혼단을 루하가 만졌다.

"아!"

환혼단을 만진 순간 전신을 훑고 가는 쾌감에 움찔하지만 이번엔 바로 손을 떼지 않았다. 오히려 '꽉' 더욱 힘을 주어 쥐었다.

그러자 쾌감 또한 더욱 강렬해진다. 온몸의 피가, 혈도가, 혈맥이, 신경 하나하나가 마치 잠들어 있다가 깨어나기라도 한 것처럼, 개운함과 시원함이 청량감마저 동반하고는 사지 곳곳으로 퍼져 나간다.

그리고 이어지는 것은 어떤 충만함이다.

모든 것이 꽉꽉 가득 채워지는 느낌이다. 기운인 것도 같고 기분인 것도 같다. 그 뭔지 모를 충만감에 도무지 가만있을 수가 없었다.

루하가 벌떡 몸을 일으켰다. 그러고는 곧장 자신의 연무장으로 향했다. 연무장이라고 해 봤자 건물도 담도 없는, 이젠 완벽하게 초원이 되어 버린 곳. 그 중심에 자리를 잡은 루하가 파운삼십육권을 펼치기 시작했다.

꽈르르릉!

주먹에서 뇌성벽력이 친다.

물론 그것은 소리뿐이다. 주먹 끝에서 흔적도 없이 사라져 버린다.

마음만 먹으면 세상 밖으로 나가 버린 그 힘을 이젠 얼마든지 끌어올 수 있다. 하지만 루하는 그러지 않았다. 그럴 수 없었다.

'뭐, 뭐야!'

주먹을 내지른 순간 이전과는 다름을 느꼈기 때문이다.

찰나 간 주먹 끝에 담긴 힘이, 뇌성과 함께 세상 밖으로 튕겨져 나간 그 힘이 지금까지의 것과는 비교도 안 되게 강했다. 차마 세상 안으로 다시 끌어오기가 덜컥 겁이 날 만큼. 지금까지 자신의 힘에 겁을 먹어 본 적이 없건만 세상 안으로 다시 끌어온 순간 자신의 통제를 벗어나 버릴 것만 같은, 강한 것도 강한 거지만 자유분방하고 어딘지 제멋대로인 기운이다.

자신의 것임에도 자신의 것이 아닌 것만 같다. 왜 이런 기운을 지금껏 느끼지 못한 건지, 과연 자신의 몸에서 나온 기운이 맞긴 한 건지 의문이 들 만큼 생소하고 낯설다. 그건 단지 주먹 끝에 담겼던 기운만이 아니었다. 그것을 시작으로 어디서 나온 건지 갑자기 그 생소한 기운들이 혈맥을 타고 흐르며 날뛰기 시작한다.

'뭐냐고, 대체!'

그런데 그렇게 예기치 못한 상황에 당황하고 있을 때였다.

생소하면서도 너무도 강한 기운이 그렇게 몸속에서 날뛰고 있는 그때, 이번엔 그것과는 전혀 다른, 그러면서도 익숙한 기운이 살 속에서, 뼈 속에서, 또한 오장육부 곳곳에서 스며 나오는가 싶더니 몸속을 제멋대로 날뛰고 있는 그 통제불능의 생소한 기운을 에워싼다.

'조화지기?'

그랬다. 생소한 기운을 에워싸는 것은 분명 조화지기였다. 조화지기가 제멋대로 날뛰고 있는 생소한 기운을 포박하듯 감싸고 있었다. 그런데 그 순간 루하는 기겁하지 않을 수 없었다.

조화지기가 그 생소한 기운을 포박하듯 감싸는 순간 그의 온몸이 검게 변한 것이다.

"왜 이래 이거?"

온몸이 묵빛이다. 이런 현상이 낯설지는 않았다. 조화지기 중 금의 기운이 일어나 외부의 충격으로부터 몸을 보호할 때 일어나는 익숙한 현상이다. 하지만 그건 어디까지나 외부의 충격이나 위협이 있을 때의 일이었다.

'그렇다는 건 지금 이 고삐 풀린 망아지 같은 기운을 조화지기가 내게 위협으로 인식했다는 건데…….'

일전에 설란이 말하기로는 지금 그의 몸 상태는 이미 한계에 이르렀다고 했다. 만일 여기서 다시 한 번 더 환골탈태를 하지 않은 상태로 힘을 키웠다가는 주화입마에 빠져 죽을 거라고도 했다.

아마도 그동안 조화와 균형을 위해 스스로를 억제하고 있던 조화지기가 이렇게 불같이 일어서 과격하다 싶을 정도로 그 생소한 기운을 결박한 것도 그 때문일 것이다. 그 생소한 기운이 그의 몸을 한계까지 몰아붙인 것이다. 이에 조화지기가 조화와 균형마저 무너뜨리며 루하의 몸을 보호한 것이다.

대강의 상황은 파악했다.

조화지기에 꽁꽁 묶인 그 기운은 그간 그가 흡수했던 내단의 내력일 것이다. 그동안 늘 그의 몸속에 있던 것이 왜 새삼 생소하게 느껴지는지는 모르겠지만, 아니, 어쩌면 처음부터 지금까지 줄곧 그 본모습을 그에게 보여 주지 않고 있었는지도 모르지만 어쨌든 조화지기가 위협을 느낄 정도의 기운은 내단밖에 없다.

그리고 잠잠히 있던 내단의 본모습을 드러내게 만든 것은 두말할 것도 없이 지금 그가 손에 쥐고 있는 환혼단이다. 환혼단이 내단의 기운을 활성화시켰고, 이에 위협을 느낀 조화지기가 급히 그의 보호에 나섰다.

그만큼 조금 전 상황은 그에게 있어 긴박하고 절체절명의 상황이었다.

어쩌면 지금 이 순간에도 그의 몸은 살얼음처럼 위태로운 상태일 수도 있다. 그러니 더 큰 화가 닥치기 전에 당장 환혼단을 집어넣어야 했다.

하지만 그러지 않았다.

그러고 싶지 않았다.

왠지 모르게 무섭다는 생각이 안 든다. 지금의 이 충만함이 너무 좋다. 아니, 그 충만함에 더해 조화지기까지 온전히 다 깨어난 지금 이 상태, 이 느낌은 이루 말로 다 형언할 수 없을 만큼 짜릿했다.

그리해 조화지기의 결박을 풀었다. 그러자 내단은 다시 물 만난 고기마냥 그의 온몸을 누비고 다닌다. 그리고 그 뒤를 마치 술래잡기하듯 조화지기가 바짝 쫓는다.

묵빛으로 변한 피부가 다시 제 색을 찾고 온몸의 모공이 열린다. 그 열린 모공으로 세상이 보이고 그렇게 보이는 세상은 너무나 찬란하고 영롱하다.

루하는 그 자리에 주저앉아 가부좌를 틀었다.

술래잡기하듯, 조화지기가 내단의 기운을 쫓듯 그 또한 마음을 기울여 조화지기를 쫓았다.

그렇게 몇 순을 돌았을까?

어느 순간 루하는 자신의 몸이 변하고 있다는 것을 느꼈다.

'또 환골탈태를 하는 건가?'

환골탈태는 아니었다.

피부가 벗겨지지도 않았고 천문이 열리지도 않았다. 하지만 분명 변하고 있었다. 그리고 그 변화가 끝났을 때, 루하는 환골탈태 직후의 그 찬연한 감각보다도 더 기이한 감각을 느꼈다.

'어떻게 된 거지?'

뭐가 어떻게 된 것일까?

내 몸이 내 몸인 것도 같고 아닌 것도 같은 이 느낌은?

뭔가 홀로 다른 세계에 와 있는 이 기분은?

공기도, 저 멀리 아득한 산야도, 그리고 바람도…… 늘 보던 것들인데, 늘 듣던 소리인데, 늘 맡던 냄새인데 왜 이렇게 새로운 것일까?

그리고…….

"왜 단전이 안 느껴지지?"

뭘까?

단전이 사라져 버렸다.

신비롭고 굳건한 기운으로 늘 넘치도록 가득 차 있던 단전이 텅 비어 있다. 단지 기운만 사라진 것이 아니다. 빈 집의 허전함이 아니라 아예 집 자체가 통째로 사라져 버린 공허함이 그곳에 있었다.

정말로 단전이 없어져 버린 것이다.

그 황당하고 기괴한 상황에 혹시 주화입마에 빠진 것은 아닐까, 심마에 들어 버린 것은 아닐까, 순간적으로 덜컥 겁이 나기도 했지만 오히려 그 순간 루하가 느끼는 감정은 당혹감이 아니라 어떤 희열이었다.

단전이 있었을 때보다 사라진 지금이 더 온몸에 기운이 넘친다. 시야에 들어오는 모든 익숙한 것들이 새롭게 느껴지는 이 기이한 감각도 가슴을 기분 좋게 들뜨게 한다.

주화입마가 아니다. 심마일 리도 없다.

정확히 그것이 무엇인지는 모르지만 자신에게 찾아온 변화는 분명 긍정적인 것이었다. 그리고 그 긍정적인 변화를 만들어 낸 것은 환혼단이다.

루하가 새삼스러운 눈으로 환혼단을 본다.

예사롭지 않은 물건이다. 내단과 합쳐지기 전에도 그랬지만 내단과 합쳐진 후에는 더 예사롭지 않게 되었다. 단지 손에 쥐고 있었던 것만으로도 이런 변화를 만들어 냈을 만큼.

문득 호기심이 생겼다.

'그럼 먹으면 어떻게 되지?'

단지 손에 쥐고 있었던 것만으로도 이런 변화를 만들어 낼 정도인데 먹기라도 하면 얼마나 대단한 변화가 생길까?

'아니, 오히려 더 위험하려나?'

아무리 조화지기라도 과연 환혼단의 저 종잡을 수 없는 성질을 완벽히 제어할 수 있을지 자신할 수 없다. 어쩌면 그때는 진짜로 주화입마에 빠질지도 모른다.

생각만 해도 괜스레 가슴이 서늘해 와서 급히 거기에 대한 잡념을 털어 내고 다시 한 번 자신의 몸을 살폈다.

단전이 사라지고 신체의 모든 감각이 새로워졌다는 것 말고는 정확히 자신이 어떤 상태인지 파악하기에 지식이 턱없이 부족하다. 여기에 대한 설명을 해 줄 사람은 역시 설란뿐이다. 루하는 그 즉시 다시 설란을 찾아갔다.

그리해 듣게 된 말은 조금은 생소한 단어였다.

"이거 어쩌면…… 공령지체(空靈之體)일지도……."

한참을 루하의 몸을 살피던 설란이 떨리는 목소리로 흘려 낸 말이었다.

확신할 수 없다는 듯, 믿기지가 않는다는 듯 흘린 말에 루하가 의아히 되물었다.

"공령지체?"

어디선가 들어 본 것도 같긴 한데 기억은 나지 않는다.

"그게 뭔데?"

"단전이 열린 상태. 좀 더 정확히 말하면 단전이 커진 상태라고 하는 게 맞겠지. 만일 지금 네 몸 상태가 공령지체가 된 것이 맞는다면, 네 몸 자체가 단전이 된 것이나 같아."

"내 몸 자체가 단전이 된 거라고?"

"거기에 담는 것은 이제 단순히 내공만이 아니니까."

"내공만이 아니라면?"

"자연의 기운."

순간 루하의 머릿속에 불현듯 스쳐 가는 것이 있다.

"혹시 그거…… 자연의 기운을 끌어다 쓸 수도 있다는 말이야? 북해빙궁의 무공처럼?"

"북해빙궁의 무공과는 달라. 네가 자연의 기운을 자유자재로 무한히 끌어다 쓸 수 있게 되면 그건 자연경 짝퉁이 아니라 진짜 자연경의 경지에 오르게 되는 거니까."

"……!"

자연경. 북해빙궁 천 년의 염원. 그 무한히 높은 경지에 이르지 못해 지난 천 년을 짝퉁 자연경의 한계에 부딪히고 그들은 맞지도 않는 화공을 익혀야 하지 않았던가.

"물론 그렇다고 공령지체가 곧 자연경의 경지라는 것은 아냐. 어디까지나 자연경에 이르기 위한 첫 번째 관문일 뿐이지. 자연경까지는 아주 많은, 혹은 아주 큰 깨달음을 얻어야 할 거야."

"그 깨달음이란 건 어떻게 해야 얻는 건데?"

"난들 알겠니? 지금 네 몸이 과연 공령지체가 맞는지조차 확신할 수 없는데. 무림사에 그런 전례가 있었어야 말이지."

아닌 게 아니라 공령지체든 자연경이든 이미 그녀의 손이 미치지 않는, 완전히 다른 세상의 일이다.

"근데 왜 갑자기 내 몸이 이렇게 되어 버린 거지?"

"글쎄…… 네가 말한 상황들로 유추해 보자면, 환혼단이

네 몸속 내단의 기운을 활성화시켰다고 봐야겠지. 그 바람에 네 몸이 그 기운을 이기지 못하고 한계점을 넘으려 하자 조화지기가 결국 억제하고 있던 힘을 풀어 버린 거고. 하나의 기운만으로도 한계점이 와 버리는 상태에서 조화지기까지 억제된 힘을 풀어 버리니 네 몸에 변화가 불가피했던 거지. 환골탈태를 초월하는 급격한 변화가 말이야."

"그래서 공령지체가 되어 버린 거다?"

"아마도."

"공령지체가 근데 환골탈태보다 나은 거야?"

"당연히. 아무리 크고 단단한 그릇도 바다에 비할 수는 없잖니?"

"그 정도야?"

"그래."

"그런데도 자연경은 아주 먼 얘기고?"

"먼저 자연의 기운을 느끼는 것에서부터 시작해야 하니까."

"자연의 기운이라면 지금도 느끼고 있는데?"

"뭐?"

툭 던지는 루하의 말에 순간 설란이 어리둥절한 표정을 한다.

"자연의 기운을 느낄 수 있다고?"

"지금 내 안에 완전히 다른 세 개의 기운이 내 몸을 아주 삼국지로 만들고 있다니까? 조화지기와 내단, 그리고 이걸 기운이라고 할지 감각이라고 할지 좀 애매하긴 한데, 아무튼 이 순간에도 계속해서 흘러들어 왔다가 흘러 나가고 있는 게 있어."

루하의 말에 설란이 급히 루하의 맥을 짚었다. 하지만 아까와 마찬가지로 느껴지는 것은 조화지기와 내단뿐, 다른 기운은 전혀 잡히지 않았다.

설란이 반신반의하는 눈빛으로 묻는다.

"정말이야? 정말로 자연의 기운이 느껴져?"

"사용할 수도 있어. 자유자재로 무한히까지는 아니더라고."

"어떻게?"

"북해빙궁의 무공이 딱 그런 거니까. 비록 짝퉁 자연경에 불과하지만 그 무공 원리 자체는 자연의 기운을 끌어다 쓰는 거지. 나도 그 원리는 충분히 알고 있고. 하지만…… 그건 자연경과는 전혀 다른 거야. 북해빙궁이 비록 짝퉁이지만 자연경과 비슷하다고 생각하고 있는 무공도 사실은 자연경과는 거리가 멀어."

"네가 그걸 어떻게 알아?"

"그냥 알아. 지금 그냥 알게 됐어. 자연경은 분명 그보다 훨씬 높은 차원의 경지일 거야.”

설란에겐 그야말로 뜬구름과도 같은 말이다.

그건 루하에게도 사실 별반 다르지 않았다. 자신의 말이 뜬구름 같기는 매한가지다. 다만 지금 그의 안에서 들락날락거리고 있는, 공기인 것도 같고 바람인 것도 같은 그 모호한 감각을 가만히 음미하고 있자니 어떤 허전함이 느껴졌다.

뭔가를 채워야 할 것만 같은 허전함.

무엇을 채워야 하는지는 알 수 없지만, 그 무언가를 채웠을 때 비로소 자연경이 눈앞에 펼쳐질 것 같은 기분. 비록 모호하고 뜬구름 같지만 그럼에도 그것은 확신이었다.

막연하면서도 확고한 믿음으로 단단해지는 루하의 눈을 보며 설란은 살포시 한숨을 내쉬었다. 아무렇게나 내뱉는 말인 것 같으면서도 분명 그 안에는 깊이가 있다. 그녀로서는 알 수가 없는, 천 권의 책을 읽고 만 명의 사람에게서 배움을 얻는다고 해도 그녀로서는 도저히 볼 수가 없는 것을 루하는 보고 있는 것이다.

살짝 분한 마음도 들고 얄미운 생각도 든다. 그러면서도 그것이 루하이기에 대견하기도 하고 뿌듯하기도 하다.

“그래서…… 어떤 것 같아?”

설란이 복잡한 심정을 한쪽으로 밀어 두고 루하에게 물

었다.

"어떤 것 같냐니?"

"공령지체가 된 지금 네 몸 상태…… 어떤 것 같아? 이전보다 강해진 것 같아?"

"그야…… 당연히 강해졌지!"

자신의 변화에 대한 궁금증이 커서 급히 설란에게 달려오느라 달리 시험을 해 보지는 않았지만, 굳이 시험을 해 보지 않아도 알 수 있다.

조화지기가 그전보다 훨씬 더 거침없이 삼백육십 개 혈을 뛰어다니며 온전히 그 힘을 내뿜고 있고, 내단의 기운도 그 어느 때보다 활발하다.

한껏 충만해진 느낌. 그야말로 못 할 것이 없을 것 같은 자신감마저 넘친다.

"그럼 그 괴물은? 그 괴물도 이길 수 있어?"

순간 루하가 움찔했다.

세상 못 할 것이 없을 것 같은 기분인데도 벽우를 떠올리니 저도 모르게 들떴던 기분이 차갑게 식는다.

그만큼 벽우의 극강한 힘이 그의 뇌리에 깊이 박힌 것이다. 하지만,

"이길 수 있어!"

그럼에도 이길 수 있을 것 같았다.

"붙어 봐야 알겠지만 질 것 같지가 않아!"

자신에 찬 루하의 말에 설란이 물었다.

"그럼 혼천마교에 대한 섬멸전을 바로 시작할 거야?"

"그래! 시작해야지. 벽운지 뭔지, 그 괴물에 대한 대비는 되었고, 놈들의 위치도 파악한 마당이니 미적거릴 이유가 없어!"

"무림인들은?"

"소집해야지. 그게 처음의 계획이었으니까. 도움을 마다할 처지도 아니고, 준비는 철저하면 철저할수록 좋지. 그 괴물이 존재하는 이상은 어떤 것도 장담할 수 없으니까. 그래서 말인데, 내단을 합친다는 거…… 얼마나 걸려?"

"글쎄, 아직 가능할지 어떨지도 확실하지 않으니까. 그래도 되든 안 되든 보름 안에는 결과가 나올 거야."

"만일 그게 만들어지면, 그거 우형한테 도움이 될까? 성공만 한다면 재생 괴물의 내단에 버금가는 것이 만들어질 거라며?"

"우형님 주게?"

"연화가 특별히 부탁까지 했는데 모른 척할 수만은 없잖아. 그걸로 우형이 힘을 되찾는다면 우리한테도 천군만마가 되는 거고."

"음…… 얼마만큼의 힘을 회복시킬 수 있을지는 모르겠

지만 분명 도움이 되긴 할 거야."

"좋아! 그럼 결전일은 보름 후에 정하기로 하고, 일단 각 대문파에 소집령을 보내. 혼천마교가 눈치채면 말짱 꽝이 돼 버리니까 아주아주 은밀하게. 아, 그리고 이거……."

루하가 문득 든 생각에 환혼단을 설란 앞에 내밀었다.

"이건 왜?"

"몸에 부착할 수 있게 만들어 줘. 피부에 닿아야 효력이 생기는 것 같으니까 그거 고려해서."

"아직도 이게 있어야 해?"

"응. 이걸 쥐고 있을 때와 그렇지 않을 때가 완전히 달라. 네 말대로 이게 내단의 기운을 활성화시키는 게 맞는 것 같아."

단지 내단의 기운만 활성화되는 것이 아니다. 거기에 대한 반발인지, 그걸 쥐고 있으면 덩달아서 조화지기도 왕성해진다.

"내가 자연경의 경지에라도 오르면 모를까, 그 전까지는 그 괴물을 상대하려면 이건 없어서는 안 되는 무기야. 그러니까 어떠한 경우에도 몸에서 떨어지지 않게끔 단단하게 만들어 줘."

"음…… 팔찌면 되려나?"

"팔찌?"

"응. 단단하게 하는 거야 일단 쇠붙이로 만든 다음에 네가 재질만 바꾸면 되니까."

"팔찌라……."

루하가 슬쩍 환혼단을 자신의 팔목에 대어 본다.

"거 꽤 괜찮겠는데?"

꽤 잘 어울릴 것도 같다. 아니, 상당히 흡족하다.

"하긴, 이 훤칠한 키에, 말쑥한 외모에, 은연중에 드러나는 기품까지. 심지어 공령지체까지 이뤘는데 이 몸에 뭔들 안 어울리려고. 좋아! 이 서방님의 격에 맞게 솜씨 한번 발휘해 봐!"

루하가 기분 좋게 웃는다.

그런 루하를 보며 설란이 한심하다는 듯 절래절래 고개를 젓는다.

"뭔가 달라졌다며? 늘 보고 듣던 것들이 새로워졌다며? 난 또 이러다 우화등선이라도 하나 했더니…… 대체…… 어디가 달라진 거니?"

*　　*　　*

모든 것이 선명하다.

살아오면서 무심코 지나쳐 버리게 되는 형체 없는 것들

이 이토록 명확한 적이 있었을까?

루하는 가만히 손을 들어 손바닥을 하늘로 향했다. 대기가 손을 감싸고 바람이 그 위를 스쳐 간다.

이런 친숙함이라니?

가만히 눈을 감고 있노라면 손이, 팔이, 몸이 대기에 녹아들고 바람에 쓸려가 그렇게 그의 존재 자체가 흩어져 버리는 것만 같은 기분이 든다.

싫지 않다.

안락하면서도 한없이 자유로워지는 느낌.

얼마간 그렇게 일체감을 음미하던 루하가 눈을 떴다. 그리고 숨을 깊게 들이켜 자연의 기운을 한껏 머금은 후 검을 뽑아 들었다.

이어지는 한 판의 검무.

딱히 정해진 검법은 없었다.

그렇다고 막무가내도 아니다.

그 순간 마음 내키는 대로, 검이 흘러가는 대로 몸을 내맡기지만 삼재검에서부터 곤륜의 영이검법, 화산의 낙영검법 등등, 그동안 그가 익힌 모든 무공이 총망라되어 섞여 나온다.

두서도 없고 투로도 일정하지 않다. 삼재검의 백사토신이었다가 영이검법의 검영삼파였다가, 또 양이무정검법의

풍운고월이 튀어나오기도 한다. 그런데도 전혀 조잡하지 않다. 어색하지도 않다.

각기 다른 검법의 초식들이건만 마치 원래부터 하나의 검법인 것처럼 자연스럽고 부드럽게 이어진다.

루하는 그마저도 인식하지 못했다.

그야말로 무념무상이다. 검과 몰아일체가 되어 그가 검을 휘두르는 건지 검이 그를 이끄는 건지도 모를 정도로 거기에 몰입했다.

공령지체를 이룬 지 열흘이 지났다.

그날부터였다. 검을 휘두르든 주먹을 휘두르든 연무(研武)를 하고 있노라면 금방 이렇게 몰아경에 빠져 버리고 만다. 그리고 그렇게 한바탕의 춤사위가 끝나고 나면,

"하아……."

깊은 한숨에 뒤이어 진한 아쉬움이 밀려든다.

답답한 것은 그 아쉬움의 정체를 전혀 모르겠다는 것이다. 대체 무엇을 아쉬워하고 있는 건지 스스로도 알 수가 없다. 그저 막연히 아주 커다란 것을 놓쳐 버린 것만 같은 기분.

하지만 미련을 오래 두지는 않았다.

그 진한 아쉬움과 답답함에 이 시각이면 새벽잠까지 설치고 일어나 매일 이렇게 춤판을 벌이지만, 오히려 무엇을

아쉬워하는지를 전혀 모르기에 미련으로 질척거릴 만한 건더기도 없는 것이다.

그렇게 미련 없이 검을 거두는데, 문득 어떤 시선을 느끼고는 고개를 돌렸다.

"……."

언제부터 거기에 있었던 것일까?

연화가 그를 보고 있었다.

오랜만이었다. 어쩐 일인지 지난번 혼천마교의 근거지인 팔공산에 다녀온 이후부터 줄곧 그녀를 보지 못했다. 한시도 그에게서 떨어지지 않던 그녀였던 터라 그렇잖아도 궁금해하고 있던 참이었다.

"그동안 어딜 갔었……."

연화를 보자마자 그렇게 물으려던 루하가 순간 말을 맺지 못하고 움찔했다.

기분 탓일까?

"너 좀…… 느낌이 다른데?"

그사이 어딘지 달라졌다.

"그건 내가 할 말인 것 같군. 방금 그거…… 뭐였지?"

"방금 그거?"

루하가 의아해하자 연화가 다시 물었다.

"방금 네가 춘 검무…… 그게 뭐지? 너한테 그동안 무슨 일이 있었던 거지?"

연화의 눈에는 루하의 검무가 단순한 검무로는 보이지 않았던 모양이다.

듣고 보니 루하도 궁금하다.

그냥 그 순간의 흥에 취해서 내키는 대로 검을 휘두르다 어느 순간부터는 자신이 어떤 검법을 펼치는지, 무슨 초식을 시전하는지 아득히 잊어버린다. 검무를 마치고 나서도 진한 아쉬움 말고는 그 순간의 시간이 도려내어져 버리기라도 한 것처럼 기억은 백지가 되어 버리는 것이다.

"내 검무가 어땠는데?"

혹시 그것이 진한 아쉬움의 단서가 될지도 모른다는 생각에 루하의 눈이 반짝인다.

"검이…… 보이지 않았어."

"응? 보이지 않았다니?"

"말 그대로야. 검무가 이어질수록 네 검이 흐릿해졌어."

검만이 아니다. 어느 한순간 착각이었나 싶게, 검과 함께 루하마저 흐려졌다.

연화로서도 듣도 보도 못 한 광경. 그곳에는 감히 그녀로서는 범접할 수가 없는, 그저 경외감으로 지켜볼 수밖에 없는 신비로움이 있었다.

연화의 말을 들은 루하가 새삼 자신의 손을 본다.

멀쩡하다.

허리춤에 찬 검도 그대로다. 하지만 그녀의 말이 결코 과장도 거짓도 아님을 안다.

몰아의 지경에서 느꼈던 해방감.

대기에 녹아들고 바람에 쓸려가는 듯한 그 느낌.

'실제였던 건가?'

단지 느낌이라고 하기에는 지나치게 선명했다.

비록 찰나 간이지만 정말로 그리되었던 것일까?

'이러다…… 나 정말 우화등선이라도 해 버리면 어쩌지?'

덜컥 겁이 난다.

싫다.

'내가 뭐 도사도 아니고…… 결혼도 하고 란이 닮은 딸도 갖고 싶은데…….'

앞으로 새벽마다 여기서 이러는 짓거리를 중단해야 하나 새삼 심각해져서 고민하는 루하에게 연화가 다시 묻는다.

"대체 그 사이 너에게 무슨 일이 일어난 거지?"

연화의 물음에 그제야 자신만의 생각에서 빠져나온 루하가 잠시 망설이는 듯하다가 이내 그녀 앞에 자신의 손을 내민다.

밀려 올라가는 소맷자락 속에서 드러나는 묵빛 팔찌.

탁한 색깔도 색깔이지만 모양 자체가 참 조잡하다. 게다가 연결된 고리들의 크기조차 일정하지 않고 들쭉날쭉이다.

이번에 안 사실이지만 세상 뭐든 다 잘할 것 같던 설란에게도 못하는 게 있었다. 손재주가 정말 꽝이다. 모르긴 몰라도 다섯 살 꼬맹이들보다도 못하지 않을까 싶을 정도였다.

'괜히 만들어 달라 했나?'

후회를 해 본들 이제 와선 소용없는 일이다.

설란이 사흘 밤을 새다시피 하며 만든 팔찌였다. 물론 이 조악한 걸 사흘 밤씩이나 새서 만들었다는 게 도무지 믿기지 않지만, 어쨌거나 그녀가 지극정성으로 만든 것을 마음에 들지 않는다 하면 아마 앞으로 한동안은 여러 가지로 인생 피곤하게 될 거라는 걸 루하는 너무도 잘 알고 있는 것이다.

"이게 뭐지?"

연화가 보기에도 도무지 루하와는 어울리지 않는 조악한 팔찌에 어리둥절해하는 그녀다. 그런 연화에게 루하가 팔찌의 중앙에 붙어 있는 환혼단을 가리켰다.

"이게 뭔지 알겠어?"

혹시 그녀라면 환혼단에 대해서도 알지 않을까 싶어 묻

은 것인데, 기대와는 달리 고개를 젓는 연화다. 하지만 그녀가 보기에도 범상치 않은 물건임에는 분명해서 사뭇 심각한 표정이 된다.

"이게 뭔데?"

"환혼단."

"환혼단?"

"나도 잘은 몰라. 혼천마교에서 훔쳐 온 거야. 그때 몇 마디 잠깐 주워들은 것뿐이긴 한데, 아무튼 이걸로 피를 정화시키려고 하더라고."

순간 연화가 흠칫 놀라며 묻는다.

"이걸로 피를 정화하는 게 가능하다고? 정화의 인 없이?"

"완전하게는 아닌 것 같았어. 어디까지나 임시방편 정도? 상당한 위험도 감수해야 하는 것 같았고. 뭐, 지금은 또 그때랑은 상황이 달라져서 아직도 그런 효능이 있는지는 모르겠지만……."

"상황이 달라지다니?"

연화의 물음에 루하가 잠시 머뭇거린다. 그런 루하의 얼굴에는 곤란한 듯도 하고 미안함인 것도 같은 표정이 떠올라 있었다. 하지만 그것도 잠시, 이내 결심한 듯 말문을 열었다.

"그게…… 재생 괴물의 내단과 합쳐졌어."

"뭐?"

"생각지 않게 그렇게 됐어. 잠깐 같이 뒀더니 환혼단이 그걸 먹어 치워 버렸더라고. 원래는 이런 색깔도 아녔어. 이렇게 투명하지도 않았고 맑지도 않았어. 시뻘건 게, 아주 세상의 사기란 사기는 죄다 빨아먹은 것 같았다니까."

짐짓 과장되게 말을 하다 다시금 연화의 눈치를 본다.

"그러니까 뭐…… 나도 우형에게 주기 아까워서 그걸 없앤 게 아니라는 거지. 어디까지나 불가항력적인 상황이었다고나 할까? 뭐, 그렇다고 너무 실망은 하지 않아도 돼. 란이가 우형의 치료를 위해서 따로 준비하고 있는 것도 있으니까."

사실 환혼단과 재생괴물의 내단이 합쳐졌을 때, 가장 먼저 떠올랐던 것이 연화였다. 그녀가 어렵게 부탁까지 한 것을 그렇게 허무하게 날려 버린 것이 내내 마음에 걸렸던 터라 자연스럽게 루하의 말투는 변명이 되어 버린다.

하지만 정작 연화는 그런 것에는 전혀 신경을 쓰지 않는 태도다.

실망하는 눈치도 섭섭해하는 기색도 없다. 그저 짙은 경계와 호기심으로 환혼단을 보고 있을 뿐이다.

그 덕분에 졸인 마음을 푼 루하가 주절거린다.

"이거 의외로 상당히 쓸 만해. 원래부터 그런 효능이 있었던 건지, 아니면 내단과 합쳐지면서 그런 효능이 생겨난 건지는 모르겠지만 이걸 가지고 있으면 내단의 기운이 활발해지더라고. 덩달아서 조화지기까지 날뛰게 되고. 그 바람에 어찌어찌하다 보니 공령지체까지 되어 버렸고."

순간, 연화가 놀란 눈을 휘둥그레 뜬다.

"공령지체라고? 허면 지금 네 몸이 공령지체를 이루었단 말이야?"

"그렇다니까. 이게 과연 공령지체가 맞긴 한 건지 정확히 확인은 할 수 없지만 란이가 그럴 가능성이 높다고 하니까 아마……."

루하의 말이 채 끝나기도 전에 루하의 손목을 낚아채는 연화다. 그 순간, 차가운 한기가 몸속으로 스며들고 이내 십이경맥을 타고 삽시간에 몸속을 한 바퀴 돈다. 그런 후에야 루하의 손목에서 투명한 소수를 떼어 내지만, 그 눈은 이미 불신과 충격으로 극심하게 흔들리고 있었다.

새삼 '공령지체라는 게 그렇게 대단한 건가?' 라는 생각이 드는 루하다.

연화의 저 같은 반응은 설란에게 들었을 때와는 사뭇 다른 느낌이었다. 뭐니 뭐니 해도 무공에 관한 지식만큼은 설란이 도저히 따라갈 수 없는 연화인 것이다. 그러니 연화의 그 같은 반응에 루하마저도 괜히 흥분된다. 하지만 그전에 확인부터 해야 했다.

"그래서…… 공령지체가 맞긴 맞는 거야?"

루하의 물음에 연화가 어김없이 고개를 끄덕인다.

"공령지체가 맞아. 그래, 그랬어. 네 변화의 이유가 공령지체였던 거였어."

아직도 충격이 다 가시지 않는지 마치 넋두리처럼 중얼거린다.

그런 그녀를 보며 루하가 무슨 생각이 들었는지 팔찌를 풀어 그녀 앞에 내민다.

"너도 한번 차 봐. 이걸 차면 내단의 기운이 활성화되니까, 분명 너한테도 효과가 있을 거야."

아니, 오히려 그동안 먹어 치운 내단의 양이 루하와는 비교도 안 될 정도이니 그 효과도 훨씬 더 역동적일 것이었다.

그런데 연화의 반응이 이상했다.

가까이 가면 안 될 물건이기라도 하다는 듯이, 마치 자라 보고 놀란 고양이마냥 화들짝 놀라서는 급히 몸을 뒤로 물리는 것이 아닌가?

"……왜?"

"나한테는 맞지 않아."

"그러니까 왜?"

하지만 연화는 대답하지 않았다.

잠시 머뭇거리는 듯하더니 어딘지 숨기는 듯한 태도로 말문을 돌린다.

"공령지체도 공령지체지만 조금 전 네가 보여 준 그 검무는 네가 이미 그 절경을 지척에 두었다는 뜻일 거야."

"그 절경?"

"자연경."

"아!"

새삼스러울 것이 없는데도 연화의 입을 통해서 그 단어를 들으니 이 또한 사뭇 느낌이 다르다.

"그래 봤자 아직 막막하기만 한데, 뭐."

"간단히 손에 쥘 수 있는 거라면 누군가는 이미 그 절경을 보았겠지. 무인으로서 나도 꼭 한번 보고 싶어. 그 전인미답의 경지가 어떠한 것인지. 볼 수…… 있을까?"

루하에게 묻는 말인 것 같은데도 정작 연화의 눈은 루하가 아니라 저 멀리 어슴푸레 밝아 오는 하늘을 향한다. 그러다 루하가 뭐라 대답을 하기도 전에 홱 몸을 돌린다.

"……."

묻고 싶은 것도 많고 듣고 싶은 것도 많은 루하다. 하지만 차마 그녀를 불러 세우지 못했다. 그 순간의 연화는 어딘지 처연한, 말을 걸기가 상당히 껄끄러운 분위기를 자아내고 있었기 때문이었다.

'진짜 어딜 갔다 온 거길래 저래?'

분위기도 분위기지만 역시 어딘지 지금까지와는 다른 느낌이다. 처연한 분위기와는 달리, 마치 폭풍전야의 고요함과도 같은 살벌하고도 치열한 긴장감 같은 것이 있다.

그것은 상당히 불길하면서도 불안한 느낌이어서, 연화가 시야에서 사라져 버린 후에도 한참을 더 그녀가 사라진 곳으로 눈길을 던지는 루하다. 하지만 지금 루하에게 있어 최대 관심사는 역시 그녀가 툭 던져 주고 간 자연경이다.

자연경이 지척까지 와 있다는 연화의 말에 괜히 마음이 조급해지고 정말로 금방 자연경을 이룰 수 있게 될 것만 같은 기분이 들었다.

거두었던 검을 다시 뽑는다.

그리고 이어지는 검무.

하지만 검무의 끝은 이번에도 진한 아쉬움일 뿐이었다.

'안 되는 건 안 되는군.'

조급히 서두른다고 될 일이라면 깨달음이라는 것이 그토록 무림인들의 열망을 매몰차게 외면하지는 않을 것이었다.

결국 미련을 접었다.

그렇게 자신의 임시 거처로 돌아오는 길, 이젠 확연히 날이 밝은 아침의 하루를 시작하는 모습들이 하나둘 눈에 들어온다. 그중에는 폐허가 된 쟁천표국의 모습도 보였다. 인부들이 분주하게 움직이고 있지만 아직 형체조차 제대로 갖추지 못했다. 예전의 모습을 되찾고 그 안에서 생활이 가능해지려면 반년은 족히 더 걸릴 거라고 했다.

그 앞의 거리도 텅텅 비었다.

'얼마 전까지만 해도 그렇게 북적거렸는데…….'

북적거리다 못해 아주 미어터질 지경이어서 밖을 다니기가 고역이었는데 지금은 마치 역병이 휩쓸고 간 죽은 도시처럼 을씨년스럽기까지 하다.

아니, 역병보다 더 무서운 벽우가 휩쓸고 갔으니 어쩌면 당연한 건지도 모르겠다.

많은 사람들이 벽우의 그 말도 안 되는 강함을 목격했다.

자성과 루하가 때마침 거기에 있었기에 망정이지, 그렇지 않았다면 그날 이 도시에 머물러 있던 사람들은 단 한 명도 살아남지 못했을 것이었다. 적어도 산서성 땅의 2할은 지금 저기 보이는 쟁천표국처럼 폐허가 되었을 테니까.

벽우가 언제 다시 공격해 올지 모른다. 그때도 과연 삼절표랑이 그 괴물을 막아 낼 수 있을까?

벽우의 강함을 목격했던 사람들은 그 질문에 아무도 쉽

사리 답을 내리지 못했다. 조금 더 정확히 말하면 부정적인 견해가 더 컸다. 그도 그럴 것이, 비록 그날 벽우가 도망을 치긴 했지만 오히려 도망을 가 준 것이 다행일 정도로 누가 보기에도 벽우의 강함은 압도적이었다. 실제로 루하는 도망치는 벽우를 쫓을 엄두도 내지 못하고 있었지 않은가.

그러니 썰물 빠져나가듯 그렇게 빠져나간 십여만 명의 사람들이 다시 이곳을 찾을 엄두를 내지 못하고 있는 것이다.

그래서일까?

무림 각대문파에 소집령을 내린 지 열흘이 지났건만 아직 감감무소식이다. 당연히 혼천마교에 분개하며 달려올 줄 알았는데 기존에 남아 있던 문파들 외에는 어느 문파도 이렇다 할 연락을 주지 않는다.

"뭐, 정 안 되면 나 혼자서라도 쳐들어가면 되는 거지만……."

확실히 자신감이 생겼다.

공령지체에 대한, 자연경에 대한 연화의 반응을 보고 나니 한층 더 자신만만해졌다.

하지만 그런 자신감과는 별개로, 무림이 바람 앞의 촛불마냥 위태로운 이 지경에 소위 무림을 수호한다는 명문 정파들이 몸이나 사리고 있는 것이 얄밉기도 하고 한심하기도 하고 괘씸하기도 했다.

'뭐, 이번 전쟁이 끝나면 내가 세운 공로만큼 톡톡히 뜯어내면 되니까.'

어차피 손해 보는 장사만 하지 않으면 되는 것이다.

그런 저런 생각을 하다 보니 어느새 임시 거처인 객잔 운월 앞이다.

그렇게 막 운월 앞에 도착했을 때였다. 운월 앞에서 작고 왜소한 인형 하나와 마주쳤다.

"어? 안녕하세요, 국주님."

루하를 보자마자 꾸벅 허리를 숙이며 인사를 건네는 작은 인형은 상아였다.

루하의 눈이 상아의 손을 향한다. 거기에는 검은 액체가 담긴 약사발이 들려 있었다.

"이게 뭐지?"

"아, 이건 아저씨 약이에요. 몸의 기를 보하는 데 좋은 거래요."

"란이가 줬어?"

"예. 그치만 달이는 건 제가 했어요."

그러고 보니 그 사이 상아의 얼굴이 많이 수척해져 보인다.

당연한 일이다. 약이라는 것이 그렇게 간단히 뚝딱 만들어지는 것이 아니다. 한 번 달일 때마다 잠도 제대로 자지 못한 채 몇 시진을 불가에 붙어 있어야 할뿐더러, 그게 하루 이틀로 끝나는 것도 아니다. 더구나 설란에게 듣자 하니 간병인조차 들이지 못하게 한다고 했다. 자기가 직접 돌보겠다며 상아가 한사코 고집을 부린다고.

어른들조차 하기 힘든 병수발을 지금껏 상아 혼자 해 오고 있는 것이다.

상아의 수척한 얼굴을 보고 있자니 마음이 짠해 온다. 그런 한편으로 문득 자성의 상태가 궁금해졌다. 설란을 통해 그의 상태만 전해 들었을 뿐, 바로 지척에 있는데도 이상하게 찾아갈 일이 없었다.

마침 잘됐다 싶었다. 루하는 이참에 자성이 어떤 상태인지 직접 확인해 보기로 하고 상아와 함께 자성의 병실을 찾았다.

"……."

문을 열자마자 진한 약향이 코를 찌른다. 약향뿐만 아니라 병실 안 전체가 어떤 뿌연 연기로 가득 차 있었다.

그 가운데에 자성이 보였다.

병색이 짙은 창백한 얼굴에 퀭한 눈, 안쓰러울 정도로 움푹 파인 두 볼…… 금강석보다도 단단했던 신체는 어딜 갔는지 이젠 버들잎에 베여도 피가 날 것처럼 연약해진 모습이다. 예전의 그 강건했던 모습은 전혀 찾아볼 수가 없다. 지난 번 보았을 때보다도 훨씬 더 상태가 안 좋아 보인다. 신체의 균형이 무너진 상태라고 했다. 금강불괴지신도 무너져, 버들잎 정도는 아니지만 무딘 칼에도 쉽게 상처가 날 것이라고 했다.

설란에게 말은 들었지만 막상 직접 목도하게 된 자성의 모습은 그야말로 충격적이었다.

이 정도일 거라고는 정말이지 생각 못 했다.

자성과의 첫 만남이, 그 강렬했던 기억이 아직도 생생한 루하이기에 자성의 이 초라하기 그지없는 모습은 상상조차 할 수 없는 것이었다.

그렇게 루하가 충격으로 얼어붙어 있을 때, 자성이 퀭한 눈을 들어 루하를 본다.

"여긴 어쩐 일이지?"

기력이라고는 눈곱만큼도 느껴지지 않는 탁하고 메마른 목소리.

그 목소리가 루하를 충격 속에서 빠져나오게 했다.

아릿한 감성을 털어낸 루하가 자성의 옆에 털푸덕 엉덩이를 깔며 짐짓 조소 어린 미소를 입꼬리에 달았다.

"이햐. 이거 우형 꼴이 말이 아니시구만."

"놀리러 왔나?"

"그럴 리가. 걱정되어서 왔지. 곧 죽을 것 같은 얼굴인데, 그래도 말은 할 수 있나 보네?"

"놀리러 왔군."

"아니라니까. 나와의 약조를 지키려다 이렇게 된 사람한테 아무렴 내가 그렇게까지 개념 없이 굴까? 그래, 좀 어떻수?"

"보시다시피."

"후회는 되지 않수?"

"후회?"

"그냥 곱게 천주가 됐다면 이런 지경은 되지 않았을 거 아뇨. 어쩌면 무림 정복을 이루고 유아독존하고 하고 있을지도 모르고. 아깝지 않수?"

"그따위 것들이 이미 나한테 의미가 없는데 후회할 일도, 아까워 할 이유도 없지. 그리고…… 지금 내 상태가 나는 썩 나쁘지가 않네."

루하가 그건 또 무슨 소리냐는 눈으로 자성을 본다.

"이렇게 약해진 몸을 느껴 보는 것이 얼마만인지 모르겠어. 화롯불에 땀이 나도록 더웠다가 우풍에 몸이 으슬으슬할 정도로 추웠다가…… 며칠 전에는 고뿔까지 걸렸지."

"그런 게 좋다고?"

추위도 더위도 아주 진절머리가 나는 루하로서는 전혀 이해가 안 된다.

"언제부턴가 느낄 수가 없게 된 것들이니까. 작은 변화들에 크게 휘청하는 내 몸이, 그런 변화들이 민감하게 다가올 때면 비로소 살아 있는 느낌이 나니까 말이야. 그래서 난…… 좀 더 이대로도 좋을 것 같네. 그러니까 그 아이 말에 너무 신경 쓰지 말게나."

"……."

"그 아이가 무리한 부탁을 했다더군."

아무래도 연화가 루하에게 재생 괴물의 내단을 자성에게 주라 했던 일을 말하는 것 같다.

"듣지 못했나 보네. 어차피 내단은 이제 내 수중에 없어. 사라져 버렸어."

"그렇군. 잘되었어. 이백 년을 죽은 채로 있다 보니 조금이라도 더 이대로 충실하게 살아 있음을 느끼고 싶었으니까. 그건 그것대로 되었네만…… 그 아이 좀 살펴봐 주겠나?"

"……?"

"지난번 내게 왔을 때 그 아이의 표정이 어딘지 심상치가 않았거든."

자성의 말에 루하도 짚이는 것이 있다. 자성이 말한 심상치 않은 표정이란 것과 조금 전 그가 느낀 연화의 달라진 분위기가 분명 관련이 있을 것 같았다.

"근데…… 언제부터 남매가 그리 살뜰했다고 이제 와서 서로 신경들을 쓰는 거야? 얼굴 한 번 본 적이 없다며? 우형네 일족은 혈족이라도 완전히 남이나 다를 것 없다더만?"

"그 아이에겐 그렇지. 허나 나는 다르다. 그 아이가 태어났을 때부터 쭉 그 아이를 지켜봤어. 아무리 우리 일족이 혈족 간의 유대가 없다고 해도, 그래도 그 아이는 내 하나뿐인 여동생이니 말이야."

하긴, 그래도 핏줄은 핏줄인 것이다.

'더구나 그렇게 예쁜 여동생인데 눈에 안 밟히는 게 오히려 이상한 일이지.'

"뭐, 아무튼 알았어. 우형 여동생은 내가 잘 살필 테니까 우형은 그런 걱정 붙들어 매고 몸조리나 잘하셔."

그러고는 루하가 자리에서 일어섰다. 그러자 그 틈에 상아가 자성의 상체를 살짝 부축해 일으키며, 들고 온 약사발을 입으로 가져간다.

꿀꺽—

힘들게 넘기는 한 모금.

"쿨럭!"

그 한 모금조차도 제대로 넘기지 못하고 사레들린 기침과 함께 절반은 토해 낸다.

그 모습을 보자니 짠해 오는 한편으로, 자신에게 왜 연화가 그 어려운 부탁을 할 수밖에 없었는지 이해가 된다. 그리고 본의는 아니지만 내단을 잃어버린 것이 괜스레 미안하기도 하다.

그런데 그렇게 복잡하고 우울한 기분으로 자성의 병실을 나서는데, 밖에서 설란이 기쁜 소식을 들고 그를 기다리고 있었다.

"성공했어!"

"……?"

뜬금없는 말에 루하가 의아해하자 설란이 한껏 흥분된 표정으로 다시 말했다.

"내단을 합치는 거, 그거 성공했다고!"

순간, 반색을 하는 루하다.

바로 방금 전에 자성의 그 암울한 상태를 보고 왔다. 재생 괴물의 내단이 없는 상태에서 그를 치료할 유일무이한 대안이었는데, 그것이 만들어졌다고 하니 어찌 반갑지 않겠는가!

"그거 어디 있어?"

"내 방에 있어."

설란의 말이 떨어지기가 무섭게 먼저 앞장서서 설란의 방으로 가는 루하다. 그렇게 설란의 방에 도착해 보게 된 그것은 루하가 기대했던 것과는 사뭇 다른 것이었다.

일단 크기부터가 벽우가 만들었던 것보다 훨씬 컸다.

"뭐가 이렇게 커?"

"내단을 합칠 수 있는 재료들을 이것저것 넣다 보니까 어쩔 수 없었어."

"그래도 이건 너무 크잖아?"

사람 얼굴만 하다.

"이걸 어떻게 우형에게 먹여?"

벽우가 한입에 털어 삼킨 것도 크긴 했지만, 그래도 그건 어른 주먹만 한 크기였다. 이건 도무지 사람이 먹을 수 있는 물건으로 보이지 않았다.

"합치는 데는 성공했지만 이게 완성본은 아냐. 여기에 다른 과정 하나가 더 추가되어야 해."

"다른 과정?"

"응축!"

"……?"

"나로서는 못해. 네 힘이 절대적으로 필요해. 벽우가 그 많은 내단을 합쳐서 응축시켰던 것처럼 너도 이걸 응축시켜야 하니까."

"그러니까 그 말은 여기에 힘을 가하라는 거야?"

루하가 꺼림칙한 표정으로 설란을 본다.

새삼스러울 것도 없지만 눈앞의 그 물건은 보는 것만으로도 기가 질릴 만큼 강력한 기운을 뿜어내고 있었다.

솔직히 웬만해서는 건드리고 싶지 않다.

"이거 설마…… 폭발을 하거나 뭐 그러지는 않겠지?"

"글쎄……."

"글쎄?"

루하가 어이없다는 듯이 설란을 본다.

"그럼 폭발할 수도 있다는 말이야?"

"워낙에 큰 힘이 뭉쳐 있는 거니까. 어떤 사태가 발생한다고 해도 이상할 것이 없어."

"그러니까 폭발할 수도 있다는 거지? 그런데도 지금 나 보고 이걸 손대라는 거고?"

"넌 괜찮을 거야. 네 몸은 금강불괴보다도 더 단단한 몸이잖아."

"남의 일이라고 너무 쉽게 말하는 거 아냐?"

그러고 보니 새삼 옛 기억이 떠오른다.

'그래. 그런 애였지.'

조화지기를 끌어내겠다며 그에게 독까지 먹이려 했다. 그리고 그때도 이렇게 말했다. 괜찮을 거라고, 자기만 믿으라고.

물론 믿지 않았다. 독을 먹지도 않았다. 그땐 그 정도의 관계였을 뿐이니까. 하지만 지금은 지옥 아가리로 들어가라고 해도 그녀가 괜찮다고 하면 기꺼이 들어갈 수 있다.

"정말 괜찮은 거지?"

"괜찮아. 아무렴 내가 스스로 과부 될 짓을 하겠니?"

설란이 한쪽 눈을 귀엽게 찡긋한다.

왜일까? 좀처럼 보기 드든 그녀의 애교가 왠지 더 불길한 것은?

루하의 눈이 설란에게서 다서 뭉쳐진 내단을 향했다. 그러다 손을 뻗어 보는데,

"자, 잠깐만!"

설란이 그런 루하를 급히 만류한다.

"왜?"

"어떤 일이 발생할지 모르니까 다들 대피를 시켜야지."

"……."

"만일의 사태를 대비해서 인근 이백 리는 비워야 해."

"……정말 괜찮은 거 맞아?"

"그, 그렇다니까."

"근데 목소리가 왜 그렇게 떨려?"

"떨리긴 무슨…… 그런 거 아냐. 나만 믿으라니까. 헤

헷!"

"그렇게 귀엽게 웃지 말라고! 더 무섭다고!"

그녀가 괜찮다고 하면 기꺼이 지옥 아가리라도 들어가겠다고 한 거, 취소다. 아직은 그녀에 대한 믿음이 목숨까지 내어놓을 정도는 아닌 모양이다.

어쨌거나 거사 일은 사흘 후로 정해졌다.

설란에 대한 신뢰를 떠나서, 자신의 신체에 대한 믿음은 충분히 위험을 무릅쓸 만큼 굳건한 데다 자성의 상태를 본 터라 마냥 미적일 수가 없었던 것이다.

그리해 사흘 후, 텅텅 빈 마을 안에 홀로 남아 그 위험천만한 물건을 마주하고 선 루하다.

정말이지 텅텅 비었다. 개미 새끼 한 마리 찾아볼 수 없을 만큼 황량하게 변한 마을에는 을씨년스러운 찬바람만 분다.

"이백 리는 개뿔! 족히 오백 리는 되겠구만."

참 멀리도 갔다. 그것으로도 모자라서 연화를 비롯한 북해빙궁의 고수들로 일차 저지선을 세우고, 그 뒤로 금강한 철의 갑옷으로 무장한 쟁천표국의 표사들을 이차 저지선으로 삼아 만일의 사태에 철저하게 대비했다.

설란이 이 일의 위험성을 얼마나 높게 보고 있는지 충분히 짐작할 만한 상황.

"그래 놓고 나더러는 뭐? 괜찮아? 저만 믿어? 서방님을 사지로 몰아넣고 참 태평하기도 해."

그렇게 투덜거리는 입과는 반대로, 강력한 기운을 뿜어내는 내단 덩어리에 머물러 있는 루하의 눈빛은 상당히 호전적이었다.

지난날 감숙에서 폭주 강시를 마주할 때와 그 느낌이 조금도 다르지 않다. 생사대적을 마주한 듯 두려움의 한편으로 호기가 끓어오른다.

루하가 성큼 한 걸음 다가섰다.

이제 팔만 뻗으면 닿을 거리. 잠깐의 주저함 뒤에 이윽고 팔을 뻗어 내단 덩어리를 만졌다. 그런데 그 순간,

팡!

"어?"

내단 덩어리를 만진 순간 맹렬한 반발력에 그의 손이 튕겨져 올랐다. 반발력이 어찌나 강했던지 상체가 다 휘청거릴 정도였다.

충분히 대비를 한 상태였다. 그런데도 내단 덩어리가 뿜어내는 반발력에 상체가 휘청거릴 정도로 충격을 받았으니 루하의 놀람은 클 수밖에 없었다. 놀람의 뒤에 오는 것은 약간의 어이없음과 또 약간의 창피함, 그리고 오기였다.

"어쭈? 이것 봐라? 지금 나랑 한번 해보자는 거지?"

기운을 한층 더 끌어 올렸다. 경각심은 더욱 높아져 금의 기운으로 몸을 감싼 후, 거기에 강기까지 덧씌운 후에야 다시 내단 덩어리로 손을 가져갔다.

이번엔 양손이었다. 아까의 반발력을 생각하며 두 손으로 힘껏 내단 덩어리를 쥐었다.

쾅!

마치 한층 더 끌어 올린 루하의 힘에 반응이라도 하듯 아까보다 더 강한 반발력으로 그의 손을 튕겨 낸다. 손만 튕겨 낸 것이 아니다.

주춤주춤 세 걸음이나 뒷걸음질을 쳐서야 겨우 그 반발력을 해소시킬 수 있었다.

"뭐 이딴 게 다 있어?"

황당한 한편으로 마음가짐이 달라졌다.

여력을 남겨 둬서 될 일이 아니다. 어이없게도 전력으로 부딪치지 않으면 안 되는 상대다. 정말로 생사대적이라고 생각해야 했다.

"좋아! 어디 한번 해보자고!"

아예 이까지 악물고는 달려들었다. 그리고 두 손만이 아니라 마치 닭이 알을 품듯 아예 온몸으로 끌어안아 버렸다.

쾅! 쾅! 쾅!

그렇게 루하의 품에 안긴 내단 덩어리가 발버둥을 친다. 단지 반발력만 있는 게 아니다. 루하의 몸이 들썩일 정도로 바동거렸고, 급기야 그 바동거림에 못 이겨 루하의 몸이 마구 흔들리는가 싶더니 내단 덩어리를 품은 채로 방 벽을 뚫고 나가 버리기까지 했다. 그것으로 그치지 않았다.

콰콰쾅! 콰콰쾅!

사방을 날뛰며 주변 건물들을 박살 낸다.

그것은 그야말로 길들여지지 않은 야생마였다. 미쳐 날뛰는 야생마처럼 도무지 통제되지 않는 힘으로 온 마을을 초토화시킨다.

그 난폭한 말 등에 올라탄 루하는 아주 죽을 맛이다.

"뭐 이런 말 같은!"

그럼에도 놓지 않았다. 죽을 둥 살 둥 매달리고 있었다.

"그래! 어디 네가 이기나 내가 이기나 오늘 아주 끝장을 보자고!"

분명 감당하기 힘든 힘이다. 이런 말도 안 되는 물건을 자신에게 맡긴 설란이 새삼 원망이 될 정도로 그 힘은 엄청났다.

하지만 내단 덩어리에 휘둘려 이리저리 처박히는 중에도 루하는 자신이 있었다. 지금은 비록 그 엄청난 힘에 눌려서 옴짝달싹 못 하고 있긴 하지만 어차피 장기전이다. 오래 버티는 쪽이 이긴다. 그리고 힘이라는 것은 소모품이다. 쓰면 쓸수록 닳기 마련이다. 그러니 이 품속의 야생마도 언젠가는 제풀에 지쳐 꺾이는 순간이 있을 것이다.

그에 반해 루하는 달랐다.

지금 루하는 처음으로 공령지체의 효능을 체감하고 있었다.

힘이 끊임없이 샘솟는다.

마치 마르지 않는 샘물처럼 내단의 기운도, 조화지기도 계속해서 생겨난다. 그것은 자연의 기운 때문이었다. 그 자연지기가 몸속을 들락날락하며 휘돌고 지나고 나면 마치 그 자연지기를 흡수하기라도 하듯 소모되어 가던 내단의 기운과 조화지기가 어느새 처음 그 상태로 돌아와 있다.

그랬다.

공령지체의 가장 기본적인 효능이 바로 기를 무한히 쓸 수 있다는 것이었다. 특히 자연지기와 한 뿌리라고 할 수 있는 조화지기는 오히려 그렇게 자연지기가 한 순배 돌 때마다 단치 채워지는 것이 아니라 부쩍부쩍 커지기까지 했다. 또한 그렇게 커진 조화지기가 다시 내단의 기운과 섞이면 그 힘은 더욱 증폭된다.

시간이 갈수록 힘이 메말라 가는 내단 덩어리와 시간이 갈수록 두 배, 새 배로 힘을 증폭시키는 루하. 결과는 뻔했다.

"그러니까 그만 좀 버팅기라고! 이 개망아지야!"

결국 내단 덩어리의 기세가 꺾였다. 루하는 그 순간을 놓치지 않고 아예 옥죄듯이 내단 덩어리를 말아 쥐어서는 그 순간 낼 수 있는 힘을 내단 덩어리에 집중시켰다.

까가가가가각!

어찌나 세게 쥐었는지 감아쥔 손가락이 바위보다 단단한 내단 덩어리 속으로 파고들었다. 마치 사과가 쪼개지듯 쪼개질 것만 같은 위태로운 순간,

그그극- 그그극-

마치 비명이라도 지르는 듯 기괴한 소리가 들리는가 싶더니, 그 순간 얼굴만 한 크기의 내단 덩어리가 급격히 줄어들기 시작했다. 그리고 그것은 삽시간에 루하의 손 안으로 사라져 버렸다.

아니, 사라진 것은 아니었다.

그저 얼굴만 했던 것이 한 손에 다 가려질 정도로 작아졌을 뿐이다.

루하가 오른손을 펼쳐들었다. 그 속엔 지금껏 본 적 없는, 마치 심해처럼 짙디짙은 푸른빛의 내단이 들려 있었다.

크기는 엄지손톱보다 조금 더 큰 정도.

"성공……했나?"

작아졌으니 성공을 하긴 했나 보다.

한데, 신비롭다. 아까는 그토록 성질 사납게 굴더니, 이렇게 작아진 상태로 보니 그 빛깔만큼이나 차분하면서도 어딘지 새침하기까지 하다. 하지만 역시 그 안에 내재된 힘은 작아지기 전과 크게 다를 바가 없다. 비록 아까처럼 사납지도, 거칠지도 않았지만 이렇게 손에 올려두고 있는 것만으로도 절로 긴장이 된다.

"그래도 이렇게 앙증맞은 모양새를 하고 있으니까 느낌이 좀 새롭기는 하네."

뭐랄까…… 값비싼 보석 같은 느낌?

그에게 먹으라고 하면 결사코 먹지 않을 테지만 그래도 남 주긴 아까운 느낌? 고생 끝에 얻은 거라 그런 생각이 더 드는지도 모르겠다. 하지만 이내 미련을 털었다.

"이제 나 정도 위치면 물욕보다는 신의를 먼저 생각할 줄도 알아야 하니까."

그렇게 미련을 떨치고 그제야 주변으로 눈길을 돌리는 루하다.

워낙에 정신없이 휘둘려 댄 터라 제대로 살필 겨를이 없었는데, 지금 이렇게 보니 마을이 아주 엉망진창이었다. 이건 벽우가 설치고 간 후의 쟁천표국과 크게 다르지 않을 정도였다. 그걸 보며 가장 먼저 드는 생각은 돈이었다.

"보상비 엄청 깨지겠네."

그래도 돈값은 충분히 했다.

설란의 생각대로 그것을 취한 자성의 상태가 급격히 호전되었던 것이다. 덕분에 결전을 앞두고 천군만마를 얻은 루하다. 더 바람직한 것은 자성이 그것을 큰 마음의 빚으로 여기고 있다는 것이었다. 어쩌면 무림에 떠도는 말처럼 좌연화 우자성의 쟁천이신장이 쟁천표국에 말뚝을 박게 될지도 몰랐다.

그렇게 여러 가지로 일이 잘 풀리고 있는 그 무렵, 루하를 더 기분 좋게 하는 일이 있었다.

"무림인들이 왔어."

설란이 가져온 소식이었다.

벽우가 두려워 다들 몸을 사리는 줄만 알았던 각대문파의 무림인들이 소집령에 응해 그를 찾아 왔다는 것이었다.

나가서 확인해 보니 그 수가 엄청났다.

"구대문파가 다 모였어. 싸울 수 있는 제자는 한 명도 빠짐이 없이."

설란의 말에 루하가 어안이 벙벙한 표정으로 물었다.

"언제 이렇게……."

이렇게 많이 모일 동안 자신이 몰랐다는 것이 이해가 되지 않는다.

그때 집결한 구대문파 고수들 중 화산파 장로 일곡이 대답했다.

"혼천마교의 귀에 들어가지 않도록 최대한 은밀하게 움직여야 하고, 공격은 또 신속해야 하는 만큼 태원(太原)에서 일차로 집결한 다음 이곳으로 달려온 것입니다!"

의기가 풀풀 넘쳐나는 목소리다. 일곡뿐만이 아니다. 이 자리에 모인 수만 명의 무인들이 일곡과 같은 눈빛을 하고 있었다.

루하를 향하는 의기에 찬 눈빛이 용광로처럼 뜨겁다.

그 눈빛들을 보자니 루하 역시 가슴속이 뜨거워지는 것을 느꼈다.

분연히 달아오르는 호기에 주먹을 꽉 말아 쥔다.

그랬다. 이제 드디어 결전의 날이 밝은 것이다.

〈다음 권에 계속〉

南宮匠人
남궁 장인
신현재 신무협 장편소설
ORIENTAL FANTASY STORY & ADVENTURE
죽은 줄 알았는데 눈을 떠 보니 5살 어린아이가 되었다!
검을 만드는 장인으로서, 남궁가의 무인으로서
남궁의 검을 다시 세우는 남궁혁의 강호종횡기!
dream books
드림북스

의원강호

중원제일 명의가 되기 위한 그의 남다른 행보가 시작된다.
전생에 정형외과 의사였던 김영태, 무림에 환생하다!
기공흑마가 선보이는 또 하나의 강호 시리즈!

ORIENTAL FANTASYSTORY & ADVENTURE

기공흑마 신무협 장편소설

dream books
드림북스

마왕
요도 김남재 신무협 장편소설
ORIENTAL FANTASY STORY & ADVENTURE
『지옥왕』,『요마전설』의 작가!
요도 김남재 신무협 장편소설
천하를 통일한 마교의 대공자 혁련휘.
오랜 세월 동안 행방불명되어 죽은 줄만 알았던 그가
동생의 복수를 위해 강호 무림에 칼을 겨눈다!
dream books
드림북스

DREAMBOOKS★

DREAMBOOKS